# Rue des Longues Haies

## Roman historique

**Jean–Marc Becquet**

Dépôt légal avril 2018, ISBN : 979-10-94133-19-4

JMB EDITIONS

Couverture © **Sébastien Biguet**

Prix 9,50 €

À ma grand-mère Valentine.

Les adultes craignent l'enfance, symbole de leur mort.
*Yolande Chéné*

Le temps est assassin, et emporte avec lui les rires des enfants.
*Renaud Pierre Manuel Sechan*


Rue des Longues Haies, l'ciel est bien lourd, drôle de quartier
Rue des Longues Haies, c'était misère, drôle de quartier
On était assis dans l'ciel couvert, mais faisait bon
Dans tous les cafés, on s'réchauffait, mauvais charbon
On s'cachait rien, les cordes à linge se balançaient
On savait bien ceux qui pleuraient, ceux qui buvaient
Aux allumoirs, on s'couchait tard, p'tit feu d'espoir
Une cigarette sur les trottoirs, dernier pétard
Et Madame Eugène se racontait en buvant des d'mis au Mal
Assis
Y'avait bien trop d'bruit, trop d'tabac gris
Madame Eugène buvait sa vie, tu parles d'une vie !
Y'avait bien trop d'cris, trop d'gens assis
Madame Eugène pleurait tout bas, c'est loin tout ça
Rue des Longues Haies a disparu, s'est envolée
Et Madame Eugène, derrière sa bière, m'a oublié.

*Parole et musique : Jean-Louis Pick*

### **Chapitre 1. Rue des Longues Haies, Roubaix.**

Le Petit journal 22 septembre 1917.

*« Les Anglais achèvent la prise de leurs objectifs dans la région d'Ypres. Plus de trois mille prisonniers. De nouveaux détails sur la bataille d'hier confirment notre succès complet.... »*

L'automne, les feuilles tombent, mais les cloches des églises aussi, et tout ce que peuvent récupérer les « boches » pour leurs canons. Trois longues années qu'ils sont nos occupants et nos bourreaux.

*Défilé des troupes allemandes Grande rue de Roubaix, octobre 1914.*

Toutes les nuits maintenant, le canon tonne, le ciel au loin est embrasé. Ce matin, on a été réveillé au son des bombes qui sont tombées près de mon habitation, au 289 de la rue des Longues Haies. Des maisons sont détruites et il y a des victimes. On parle de neuf ou dix morts et des blessés en nombre. Les vitres de ma demeure ont tremblé, à côté elles ont été brisées. Je suis typographe à la société Reboux. Enfin je l'étais avant la guerre, au « Journal de Roubaix ». Mais il s'est sabordé, comme tous les autres, en 1914, à l'arrivée des Allemands, entrés par la Grande Rue de la ville, musique en tête, le 14 octobre.

Les Reboux, c'est une famille d'imprimeurs et de journalistes. C'est Jean-Baptiste, le père qui a fondé le journal en 1856, la légende veut que le fils Alfred, à huit ans ait appuyé sur le levier de la presse et imprimé la première page. Il l'a ensuite dirigé à la mort de son père jusqu'en 1908, date à laquelle il est décédé. Ce jour-là, on s'est dit que l'on connaîtrait le chômage, mais non, c'est son épouse, Madame Anne-Marie, qui a repris la direction, et je dois dire qu'elle a su y faire.

Ils sont arrivés, ils ont occupé notre région, et ont dicté leurs lois. Madame Anne-Marie nous a rassemblés dans le grand hall de nos locaux, quelques jours après. Elle nous a dit qu'on ne pouvait pas continuer à paraître, elle ne voulait pas être censurée. Il valait mieux arrêter la diffusion et attendre quelque temps. Évidemment, on a tous pensé que c'était une question de semaines, de mois pour les plus pessimistes d'entre nous. À Noël, c'était sûr, on aurait ressorti nos deux éditions, matin et soir.

Mais, non, cela ne s'est pas passé comme on le pensait, et cela fait trois ans que l'on subit…

Dès le début de l'occupation, on a vite compris. On est passé de suite à l'heure allemande, soit une heure d'avance. Tous les fanions, drapeaux, et représentations de la France ont été interdits. Toutes les armes, y compris les sabres d'apparat et les fusils de chasse, ont été réquisitionnées par l'occupant. Les pigeons voyageurs ont dû être tués. Des otages parmi les notables, et par centaines, ont été désignés, souvent emprisonnés. Les officiers, sous-officiers et hommes de troupe ont été logés chez l'habitant et on a dû leur fournir la nourriture. Et s'il n'y avait pas assez de lits, on devait donner le sien au soldat. La ville a dû payer des « indemnités de guerre ».

Ensuite, tous les hommes de 17 à 55 ans ont été recensés et ont dû travailler pour l'occupant. Maintenant ce sont les femmes et les adolescents de plus de quatorze ans, qui sont déportés dans les champs de la zone envahie[1], ou en Allemagne. Au début, les personnes percevaient un salaire,

---

[1] C'est ainsi que l'on dénommait les territoires français sous occupation allemande.

maintenant, ils travaillent, mais « gratuitement ». Interdiction de quitter la commune, sauf quand ils nous envoient accomplir des travaux forcés ou lorsqu'ils déportent les enfants, les malades et les vieillards dans les territoires non envahis. Évidemment les bouches inutiles les gênent. Une seule valise pour partir, c'est l'ordre, et peu importe l'état de santé. Depuis l'année dernière, ils ont instauré des rafles systématiques par quartier, par rue, et par courée. Ils ont arrêté tous ceux qui étaient au chômage ou n'avaient pas de travail, il y en a beaucoup. Ils les ont déportés. Ils sont revenus après des mois de captivité, parfois, mais pas toujours. Souvent, ils étaient près du front, et mouraient aussi des tirs et des bombardements alliés. Les balles et les obus ne font pas le tri.

Interdiction aussi de lire ou de posséder des journaux étrangers ou français hostiles à l'occupant. Les seuls permis sont sous leur contrôle et servent à préciser les « ordres et actes de l'autorité allemande ». « J'ordonne ». Combien de fois avons-nous pu lire ces deux mots sur les murs de notre ville ? Les courriers envoyés en zone libre sont interdits. Il existe des passeurs, bien sûr, mais s'ils sont interceptés, c'est la prison pour l'envoyeur et le porteur, la déportation en cas de récidive. Seules les missives aux prisonniers de guerre détenus en Allemagne sont permises, une carte postale par mois, contrôlée par la censure.

Les condamnations à mort se succèdent sous le motif de « trahison de guerre », un comble. Espionnage, attentat, complot, outrage et crime sont les termes employés pour justifier les exécutions au petit matin, par un peloton de soldats, dans les fossés de la citadelle de Lille.

Les récoltes de pommes de terre, des légumes et des fruits sont maintenant interdites depuis des mois. Tous les animaux ont été recensés, ensuite ils ont été réquisitionnés, et ont servi à nourrir l'armée allemande. Les œufs doivent être donnés à la **Kommandantur**, sous peine de prison et d'amende. Toutes les matières premières ont été pillées : cuir, bois, métal, cuivre, meubles, matelas, vêtements, draps, voitures, bicyclettes, machines à écrire, tout. Les denrées, victuailles et boissons ont été emportées, pour ne pas dire volées. Pour les boissons, il faut avouer qu'ils ont tout bu, du vin courant au cognac le plus fin. Les premiers mois, ceux qui passaient, venant du front pour se reposer dans notre ville d'étape, étaient saouls du matin au soir, maintenant il n'y a plus une goutte d'alcool.

On a aussi consigné les vêtements de laine. On a eu froid, cet hiver. Ils ont même interdit le chauffage dans les écoles,

les églises et tous les établissements publics.  On craint le pire pour l'hiver qui s'annonce. Ils ont aussi pillé les usines, le matériel, les machines. La matière première a été dérobée, sous contrôle de civils allemands, des ingénieurs, qui ont fait le recensement puis ont surveillé le transfert vers leur pays. Ils ont le matériel et les hommes pour fabriquer, et usiner ce dont ils ont besoin.

Interdiction aussi de détenir des postes sans fil, des téléphones, de conduire des voitures à chevaux, mais, il n'y a plus ni voitures ni chevaux. On ne peut plus faire de photographies, de toute façon on a confisqué les appareils. Interdiction de sortir entre 22 heures et 5 heures du matin, de ne pas se faire recenser aux revues d'appel, qui ont lieu sur la grande place tous les mois, par roulement. Interdiction d'ouvrir les boutiques après 19 heures, les estaminets après 20 heures, de faire sonner les cloches, de laisser passer la lumière la nuit, de ne pas saluer les officiers allemands pour les hommes de plus de 14 ans, de cueillir l'herbe des fossés, de prendre le tramway pour voyager, de toute façon on ne le prenait plus. Ils avaient pris l'habitude d'arrêter les rames et de fouiller toutes les personnes. Même les vieilles gens et les religieuses devaient se déshabiller presque entièrement devant tout le monde. Plus de voitures pour les enterrements, on doit pousser la charrette jusqu'au cimetière, après avoir trouvé les quelques planches qui constituent le cercueil, sous la garde de soldats allemands. On n'a plus rien, ils ont tout pris, pillé, volé, dépouillé, **détroussé, dévalisé, raflé, dérobé.**

Mais finalement que peut-on faire ? Résister pour certains, adhérer pour d'autres, s'enrichir pour ceux qui peuvent, mais surtout trouver à manger pour tous, hommes, femmes, enfants, vieillards.

Les perquisitions se multiplient. Des grandes maisons bourgeoises aux taudis des malheureux, ils cherchent tout ce qu'ils n'ont pas encore dérobé, mais aussi les hommes qui se cachent, les ouvriers fichés pour le travail obligatoire, les soldats français surpris par l'avance allemande en août 14, qui se cachent encore depuis trois ans chez l'habitant, les aviateurs survivants, les prisonniers échappés, les ouvriers grévistes.

On se croirait dans un pays étranger. Les enseignes, les panneaux, les écriteaux sont en allemand. Les journaux, les paquets de cigarettes, les réclames sont en allemand. Dans certaines villes, comble de l'ironie, les familles aisées de notables sont obligées de prendre des cours. Heureusement, j'ai mon métier, typographe, je le pratique encore, mais plus dans les mêmes conditions.

Je m'appelle Leclercq, Amédée Leclercq. J'habite au 37 de la rue des Longues Haies.

**Chapitre 2.  Hôtel de ville de Roubaix.**

Le Petit Journal du 25 septembre 1917.

*« Sur le front de la Meuse, les Allemands tentent en vain de reprendre le terrain perdu. La journée a été très mouvementée sur l'aile droite de notre front de Verdun, les ennemis ont perdu beaucoup d'hommes... »*

Il ne faut pas beaucoup de soldats pour « occuper », il suffit du commandant Gesleer Hofmann, aidé de son régiment bavarois, une centaine de soldats, et de ses diables verts, les « gendarmes allemands ». Les « deux ânes bâtés » et « âmes damnées » Baür et Liebel, ses adjoints, suffisent à le seconder et à relayer tous ses ordres, décrets, réquisitions et rappels qui sont placardés sur nos murs. Ces affiches où l'ont écrit les menaces : sera fusillé, sera déporté en Allemagne, sera passible d'amende, sera emprisonné...toute personne qui...

Avoir des pigeons, c'est communiquer avec l'ennemi. Faire du feu en plein air, c'est envoyer des signaux aux aéroplanes. Envoyer des lettres dans la zone non envahie, c'est renseigner les Anglais. Ne pas saluer les officiers, c'est offenser gravement les soldats. Demander aux ouvriers réquisitionnés de ne pas travailler, c'est contredire aux ordres de l'administration allemande. Ne pas apporter les œufs pondus à la *kommandantur*, c'est faire acte de trahison. Donner des cigarettes aux prisonniers français qui traversent la ville, c'est transgresser les lois de la guerre. Possédez des journaux interdits, et ils le sont tous, c'est organiser des actes de sabotage.

Le siège de la *kommandantur* est installé à l'hôtel de ville, c'est là que je travaille, je suis employée. Dès leur arrivée le 14 octobre 1914, ils sont entrés dans la ville, et ont occupé tout de suite la mairie, la gare, la poste, tous les bâtiments publics, les bains-douches et les écoles aussi. La ville est devenue une *kommandantur* d'étape, car éloignée du front d'une vingtaine de kilomètres. Ils ont créé trois services, celui des réquisitions, le service des étapes qui sert à organiser le passage, le transport, le logement des troupes qui partent ou reviennent du front, et le conseil de guerre. Depuis, le drapeau du Reich flotte sur l'Hôtel de Ville. Plus tard, ils ont créé une brigade des recherches chargée spécialement de trouver tout ce qui pouvait être « réquisitionné ».

Petit à petit, les soldats d'âge mûr ont été remplacés par des jeunes ou des vieillards. On voit qu'ils manquent d'hommes au front. Notre maire Jean Lebas a essayé, comme il pouvait, de s'opposer à certaines de leurs réquisitions, notamment les déportations d'ouvriers et la confection de sacs pour leurs tranchées. Ils l'ont arrêté en mars 1915, puis déporté en juin de la même année dans une forteresse en Allemagne, on ne sait pas ce qu'il est devenu[2]. C'est Henri Thérin, son adjoint qui le remplace. Devant la multiplication des grèves, il a demandé à la population de garder son calme. Hofmann, fait emprisonner et déporter tous les grévistes. Il n'y a plus d'administration française, tout ce que l'on fait dans notre municipalité, c'est de s'occuper du ravitaillement, de l'aide aux chômeurs et aux plus démunis, et d'essayer d'atténuer la cruauté des ordres de réquisition. Le reste, c'est l'occupant qui s'en charge. On est cependant obligé de les aider pour le recensement de la population et l'établissement des cartes d'identité, obligatoire pour tous y compris pour les enfants qui ont plus de 12 ans.

Heureusement, nous avons échappé à la famine grâce aux envois de l'étranger, notamment de la « Commission for relief of Belgium », qui de la Hollande, pays non occupé, nous ravitaille. C'est une organisation internationale des pays neutres qui a pour but de distribuer des denrées en Belgique et dans les territoires français envahis. Les Allemands ont accepté cette aide pour nos populations. Cela les débarrasse du ravitaillement et de la crainte d'une famine, et des conséquences qui pourraient en découler.

---

[2] Il sera libéré en 1916 pour cause de maladie, partira dans la France non occupée, et rentrera à Roubaix le 21 octobre 1918.

Les denrées ne sont pas toujours réparties, ou même distribuées équitablement à cause de la spéculation et de la fourberie de certains notables dans les petites communes. Mais dans notre ville, ce n'est pas le cas. On n'a pas grand-chose, d'année en année les vivres se font plus rares, mais sont répartis de façon égalitaire. Les plus riches ou les gens aisés payent, les pauvres et les indigents ont presque gratuitement l'essentiel pour vivre, enfin survivre.

Je suis chargée, avec d'autres, de la répartition et de l'organisation de la distribution. Je me bats quotidiennement avec l'administration impériale et ses représentants, pour le faire correctement. Mais il n'y a pas que des Allemands pour nous surveiller. Il y a aussi des Français jaloux qui contestent nos procédés, pensant comme toujours que le voisin est mieux servi. J'ai vu des personnes se battre lors des distributions, puis ensemble nous insulter.

Je suis institutrice à l'institut Sévigné, l'école primaire pour filles. Enfin, j'étais institutrice, l'école a fermé. Je suis maintenant employée à la mairie de Roubaix. Par amitié, Lebas, le maire, m'avait embauchée, au début de l'année 1915. Il savait que je comprenais et parlais quelque peu l'allemand. Mes parents Léonie et Jules Feder sont nés en Alsace, à Guebwiller. Ils ont quitté leur pays natal quelques années après l'annexion, en 1875. Ils venaient de se marier, étaient jeunes. Ils se sont installés dans cette ville, moi j'y suis née. Mon père était aussi instituteur. Il a aimé cette vie, ce pays, ces gens du Nord. Mais il n'a pas oublié son pays. Mes parents ont continué à parler alsacien à la maison. Ils me l'ont enseigné, je suppose, pour continuer à faire vivre un petit bout de pays à la maison. Il est maintenant à la retraite. Avec ma mère, ils se désolent de cette guerre et de ses conséquences, leur âge leur fait moins bien supporter les privations.

Jean Lebas se doutait qu'il faudrait renforcer l'administratif pour aider la population, mais aussi qu'il fallait comprendre l'allemand, pour parfois deviner leur intention. Il m'a demandé de ne rien dévoiler de mes origines, de garder mon nom marital. J'ai promis. En août 14, je me suis portée volontaire pour la Croix Rouge. Mon mari venait de partir pour le front. J'ai été prise comme ambulancière, j'avais des notions de secouriste. Puis, cela m'a permis dans les années suivantes d'intervenir avec une certaine liberté un peu partout en ville.

Pendant un an, je n'ai pas eu de nouvelles de mon mari, rien. J'étais désespérée. Puis en septembre 1915, j'ai reçu une carte de la Croix Rouge. Il était prisonnier dans un camp, en Allemagne et me disait de ne pas m'inquiéter. J'ai repris espoir. Mes parents m'ont aidée à surmonter l'épreuve. J'étais repartie vivre chez eux. Nous n'avions pas eu d'enfants avec Jean. Il n'était pas trop tard cependant. Mais au début 16, une lettre m'est parvenue avec quelques mots, indiquant qu'il était mort en captivité.

Je m'appelle Rousseau, Suzanne Rousseau, née Feder, et j'habite rue de l'Industrie, au 185.

## Chapitre 3. Cour Bernard, Rue des longues Haies.

Le Petit Journal du 28 septembre 1917.

*« Les Anglais repoussent sept puissantes contre-attaques et améliorent leur front de bataille, 1 614 prisonniers. Les ennemis ont fait les plus grands efforts pour reprendre les importantes positions que nous avions enlevées... »*

Je suis garçon de courses, à l'usine Motte, la grande fabrique près de chez nous. Notre mère s'occupe de la maison, et travaille aussi, mon père est mort avant la guerre. Ma sœur Germaine travaille à la fabrique comme soigneuse. Quel drôle de nom pour un métier dans une usine, cela veut dire qu'elle prépare les bobines de laine pour les métiers à tisser.

J'ai été à l'école jusqu'à mes quatorze ans. J'étais plutôt bon, j'ai même eu mon certificat d'études, à la grande joie de ma mère. Et puis, il a bien fallu travailler comme tout le monde, alors je suis entré à l'atelier au début de l'année 14. J'avais un frère Léopold. Avant la guerre, il était rattacheur, puis la mobilisation l'a fait partir en août 14. On n'a pas eu de nouvelle de lui, pendant deux ans. Puis en décembre 1916, par la Croix Rouge, on a su qu'il était mort en septembre, durant la bataille de la Somme, dans un petit village dénommé Combles.

*Croisement de la rue de la Planche Trouée et de la Rue des Longues Haies 1910.*

Coursier ! Au début je ne savais pas trop ce que cela voulait dire. J'ai vite compris. Je devais me rendre à travers toute la ville pour porter, apporter, prendre un courrier, un colis, ou autre chose. Généralement, cela se passait entre les différents peignages de la famille Motte, ou chez eux pour apporter je ne sais quoi, ou à la mairie pour déposer quelque chose. C'est là que j'ai rencontré Mademoiselle Suzanne. Je savais qu'elle avait été institutrice. On a parlé et sympathisé. Mais surtout elle m'a aidé.

Au printemps 16, les Allemands m'ont raflé, non loin de chez moi, j'étais parti tôt le matin. Ils n'ont rien voulu savoir, n'ont pas voulu comprendre que je partais travailler, que je n'étais pas un chômeur. J'ai pourtant bien montré ma carte d'identité et mon carnet de travail. Ils m'ont fait rejoindre le flot des personnes arrêtées, direction la salle Sainte Cécile, le dispensaire de la rue Watremez, pour le recensement.

Je m'en souviens encore, on était au mois d'avril, il faisait doux ce jour-là, après ce long hiver froid et rigoureux. La rue de Lannoy était barrée par les gendarmes avec des chiens policiers. Le bruit d'une rafle s'était répandu et les femmes, nos mères, se regroupaient en pleurant, suppliant, invoquant leur pitié, mais non, rien ! Elles se faisaient disperser à coups de matraques et de morsures de leurs chiens. Ils avaient pris tous les jeunes, de 14 à 20 ans. J'ai su plus tard, par Suzanne, qu'ils avaient arrêté plus de 8 000 jeunes pour les envoyer travailler dans les Ardennes dans les champs, ou pour construire et réparer les voies ferrées. On nous avait mis un brassard rouge avec notre nom dessus. De la salle Sainte Cécile, on m'avait emmené avec les autres dans une usine de la rue d'Avelghem, où ils faisaient le « triage ». Heureusement pour moi, les bénévoles de la Croix Rouge faisaient beaucoup pour épargner les drames, et lorsque j'ai croisé le regard de Suzanne avec son brassard. Elle m'a dévisagé, a pensé que je ne devais pas me trouver là, à cause de mon âge.

Elle est allée voir un officier, lui a raconté une histoire de carte d'immunité, je travaillais pour la mairie, et transmettais les ordres de réquisitions aux usines. Je connaissais bien mon métier, mais le laissez-passer était resté à la mairie sur son bureau, les autorités ne seraient pas contentes, et le major Hofmann serait informé. Elle insista tellement que l'officier signa un bon de sortie et je pus sortir avec elle de l'endroit. Elle me reconduisit jusqu'à la maison que nous habitions dans la courée.

Par la suite, et pour éviter des interventions identiques, les rafles se firent par les troupes de la Garde impériale qui étaient en repos, à Roubaix. Eux ne libéraient personne. Cela dura tout le mois d'avril. J'ai eu de la chance, grâce à ce bout de papier. Tout le monde est prêt à partir, où ? On ne sait pas. Mais nous avons tous préparé une petite valise ou un sac, avec les choses essentielles. Travail obligatoire dans les champs, déportation en Allemagne, évacuation dans les territoires non envahis, nul ne sait ce qui peut arriver. La dernière fois, à la revue d'appel à la Grand-Place de la ville, distrait, je n'ai pas salué un officier, il m'a mis…au coin, comme un gamin, c'est vrai qu'avec ma petite taille, on me donnait 14 ans, alors que je venais d'en avoir 17. Si je paraissais plus vieux ou même mon âge, c'était la prison aux bains douches, rue Motte.

Ma famille survit comme elle peut. Ma mère et ma sœur, avec mon aide, essaient tant bien que mal d'alimenter le foyer. On a faim, mais on ne meurt pas. Heureusement, je fais de la contrebande.

Je m'appelle Axters, Henri Axters, j'habite au 64 rue des Longues Haies, dans la cour Bernard.

## Chapitre 4.  Rue de l'Épeule, Roubaix.

Le Petit Journal du 30 septembre 1917.

*« Vaine attaque allemande du côté de Lens. L'ennemi a attaqué ce matin deux de nos positions sur la hauteur 70, de Lens, il a été repoussé à la suite d'un vif combat dans lequel nous avons fait un certain nombre de prisonniers… »*

Je suis vicaire à la paroisse de l'Église Saint Sépulcre, dans le quartier de l'Épeule, endroit pauvre et populaire, mais qui possède une âme et une vie que j'aime. Je loge au couvent des Clarisses, non loin de l'église. C'est un ancien monastère qui abritait des religieuses contemplatives.

L'histoire indique que c'est un industriel Henri Desclée, qui possédait une usine de gaz dans le quartier, et lors d'un incendie, fit le vœu de construire ce couvent si le feu n'atteignait pas les réservoirs, ce qui aurait fait sauter une bonne partie de la ville. Le quartier fut sauvé et le couvent érigé en 1876. Une école de filles fut créée. Puis le temps a passé, et le monastère fut transformé en maison d'œuvres religieuses, dispensant les cours de catéchisme, et organisant le patronage pour les enfants. Quelques cellules sont à la disposition des prêtres de la ville. J'aime cet endroit, il respire la quiétude. J'enseigne l'histoire et la géographie, à l'école Sainte-Claire qui s'est ouverte dans les locaux, depuis quelques années.

L'église où j'exerce mon sacerdoce date de la même époque. On est trois vicaires pour assister le curé. On a 12 000 paroissiens, cela représente du travail, surtout depuis l'invasion. On essaye du mieux possible, de soulager la misère, de pourvoir à l'essentiel de notre devoir, baptiser, bénir, rendre visite à nos fidèles, mais aussi enseigner la vérité juste. C'est pour cela que je ne veux pas me contenter de ce que nous racontent les Allemands sur la situation dans le reste de notre pays.

J'avais construit un poste sans fil avant la guerre. C'était, et c'est toujours, une passion. J'avais lu le livre du physicien français Alphonse Berget « *La télégraphie sans fil* » paru juste avant l'invasion. Avec les indications d'un autre amateur, Franck Duroquier qui a vulgarisé dans son guide pratique, la construction d'un appareil de réception, j'ai bricolé un émetteur-récepteur radio. À ma grande surprise, j'ai pu capter celle de la tour Eiffel[3], qui diffusait les bulletins

[3] Promis à la destruction après l'exposition universelle de 1889, c'est grâce à l'installation de la TSF que la tour Eiffel fut conservée, la portée pouvant atteindre 400 kilomètres. L'armée y installa une station et envoya les premières dépêches dès 1909.

de l'armée française. Cela m'a suffi à transmettre les nouvelles de la France non envahie.

Dès la fin de l'année 14, je commençais à recueillir les nouvelles, mais il fallait aussi les faire connaître, alors l'idée d'un journal clandestin me vint. Mais je ne savais pas par quel bout prendre le problème. Je savais qu'il fallait un atelier de composition et du matériel, les caractères, les casses[4], les pinces, les coupoirs, les composteurs, sans parler des personnes qui exerçaient le métier de typographe, et bien sûr du papier et de l'encre. Il me fallait un imprimeur. Mais comment faire ? J'avais déjà le titre, imaginé avec un brin de malice, il s'appellerait le « journal des occupés…inoccupés ».

Il me fallait faire face à une somme de problèmes que je n'imaginais même pas. Finalement la providence, divine pour moi, le hasard pour d'autres, me permit de mener mon projet dans les mois qui suivirent.

Quelques jours plus tard, un peu avant Noël, je devais rendre visite à l'un de mes amis prêtres de la paroisse Sainte Élisabeth située dans la rue de Lannoy. Pour ce faire, je dus traverser la rue des Longues Haies, et faire un écart pour

---

[4] Casier en bois contenant l'ensemble des caractères d'une même police. Le rangement des caractères se fait en fonction de l'utilisation plus ou moins importante dans le journal. Les minuscules en haut, les majuscules en bas de la casse.

contourner un estaminet qui débordait sur la rue de Lannoy. Par curiosité, je levais les yeux et vis une bâtisse à un seul étage en vieilles briques, dénommée « *À la planche trouée* ». J'avoue que j'étais assez amusé par le nom, et intrigué par l'endroit.

Devant la maison se trouvait un homme assez jeune qui me regardait d'un air amusé.

– Je suppose que vous vous posez la question de savoir de quand date cette maison ?

– Ma foi, oui, c'est vrai, elle est « particulière » !

– Milieu du XVIII$^e$ siècle, l'abbé, vers 1750 d'après ce que l'on dit.

– Comment peut-on en être certain ?

– Avant dans cette ville, on construisait des maisons comme celle-ci en torchis, puis les premières maisons en pierre ont fait leur apparition.

– Et le nom ?

– A vous de choisir, l'abbé ! Soit il s'agissait de la dénomination du lieu d'aisance, soit, et c'est ce que je pense, il s'agissait d'un vieux chemin du moyen âge pour rejoindre les deux bout d'un riez[5], on passait alors sur une planche hors d'usage.

[5] Le riez désignait soit un tout petit cours d'eau dans les Flandres. En Artois, cela désignait une terre non cultivée, laissée à l'abandon.

– Je préfère la vôtre.

– C'est aussi un lieu chargé d'histoire. Durant la révolution, en 1794, un lieutenant d'un régiment de chasseur qui passait non loin à cheval pour se rendre à Wattrelos, entendit crier « *Vive le Roi* ». L'officier entra dans l'estaminet, et vit deux hommes attablés, à moitié ivres qui hurlaient des insultes, contre la révolution. C'étaient deux frères, tisserands de leur état, Louis et Joseph Couteau. Des militaires de la caserne de Lannoy vinrent les arrêter. Ils furent conduits devant le comité révolutionnaire de Roubaix. Les frères, dessoulés, ont essayé de minimiser leurs propos. Peine perdue, on ne rigolait pas non plus à l'époque avec les propos séditieux. Ils ont été emmenés au tribunal criminel de Lille, puis à Arras, où ils ont été condamnés à être guillotinés. Ils furent les seules personnes du bourg, jugées par le tribunal révolutionnaire. Espérons l'abbé qu'on ne verra pas des condamnations pour des propos identiques, tenus par nos compatriotes.

– Non, cela ne durera pas longtemps !

– A les entendre, ils ont envahi la Marne et se trouvent à 60 kilomètres de Paris, la capitale serait sur le point de tomber.

– Non, c'est faux, il y a eu une contre-attaque, on les a battus !

Tout en disant cela, je m'aperçus de mon immense stupidité de parler ouvertement à un inconnu dans la rue.

– Rentrez l'abbé, on va continuer notre discussion à l'intérieur, c'est plus discret.

C'est ainsi que je fis la connaissance de Julien.

Je m'appelle Morin, Eugène Morin, je suis vicaire, à la paroisse Saint Sépulcre, rue de l'Épeule.

## Chapitre 5.  Rue de la Planche Trouée, Roubaix.

Le Petit Journal du 2 octobre 1917.

*« Les Anglais achèvent la prise de leurs objectifs dans la région d'Ypres. Plus de trois mille prisonniers. De nouveaux détails sur la bataille d'hier confirment notre succès complet.... »*

Dans mon estaminet, il n'y a plus grand-chose. On fabrique maintenant de la bière qui n'est plus de la bière, à base de pommes de terre, quand on en trouve, de betteraves, de riz et de maïs. Ils ont aussi emporté, enfin « réquisitionné » les pompes, donc on a un breuvage qui n'est plus de la bière et qui ne mousse plus.

Restent quelques bancs et quelques tabourets qui n'ont pas trouvé preneur parmi les troupes allemandes. Le vin, l'alcool, les liqueurs, tout est parti. Je ferme la plupart des jours de la semaine, n'ayant plus rien à vendre. C'est incroyable ce que les officiers prussiens ont pu boire, et ce, dès les premiers mois de l'invasion. Ils ont tout pris, d'abord chez les détaillants, les brasseurs, puis les riches particuliers, puis les autres. Il n'y a plus rien, sauf de l'alcool frelaté que l'on fabrique avec les moyens du bord. Quand je suis ouvert, je dois fermer tôt le soir. Enfin, je verrouille la porte, je descends à la cave, et je continue mon commerce, mais uniquement avec ceux que je connais bien, et en qui j'ai confiance, pas question de me faire dénoncer. Joseph Andrieu, qui travaille à la mairie comme menuisier et homme à tout faire, nous a raconté l'autre jour, ce qu'il avait aperçu.

Il nous a décrit les centaines de lettres de dénonciation qui s'entassaient sur les bureaux de la *kommandantur*. Un « diable vert », qui parlait un peu notre langue, lui a dit, en se moquant ouvertement, que nos compatriotes avaient de l'imagination pour dénoncer le voisin qui fait du bruit, le concurrent qui fait trop d'affaires, la femme qui trompe son mari, le père qui mange trop de rations, le gréviste qui se cache, le déserteur qui se planque. Bref tous les motifs sont bons pour envoyer des lettres et se venger de son voisin, de son parent, de son ami ou d'un inconnu. L'occupant ne fait pas d'enquête, il se contente de perquisitionner et de réquisitionner. Bien sûr, cela débouche sur des arrestations, des emprisonnements et des condamnations à mort. Les gendarmes allemands vont jusqu'à remercier ouvertement les salauds qui le font, et même à les payer, ce qui les incite à continuer.

Heureusement, dans notre quartier et nos courées, les gens ne savent pas trop écrire, ça limite les lettres de délation. Donc on se cache pour continuer notre vie. Officiellement, je n'habite pas dans mon estaminet, je vis chez un logeur, dans la rue des Arts. Cela évite les perquisitions de nuit, et s'ils le fouillent, il doit leur dire qu'il ne m'a pas vu depuis quelques jours.

Tous les soirs, Jean, mon garçon de café ferme les portes, fenêtres et volets de l'estaminet, pendant qu'on se réfugie à quelques-uns dans la cave. Puis le matin, il ouvre et commence à servir les clients. On a aussi percé un passage vers la cave de la maison voisine qui m'appartient, mais qui est occupée par sa famille. Ce sont des réfugiés de la campagne de Lys-lez-Lannoy. Au moment de l'invasion en octobre 14, leur ferme a été détruite par les bombardements, et le peu qu'il leur restait a été pillé par les troupes prussiennes. Ils habitaient la ferme de l'Horne, près de la commune de Néchin en Belgique. Ils sont partis sur les routes, se sont arrêtés à Roubaix au croisement de la rue de Lannoy et de notre rue des Longues Haies, pas loin de mon estaminet.

J'ai vu la détresse dans leurs regards. Celui du père, Jean, qui observait sa famille, ne sachant pas ce qu'il devait faire et se demandant ce qu'il pouvait faire. Celui de la mère, Sidonie, désemparée à la vue de ses enfants terrorisés qui tremblaient de froid, de faim, de peur et de honte. Celui de la fille aînée Valentine, qui couvrait de ses maigres bras les plus petits comme si elle pouvait par là même les protéger. Les deux garçons, Louis et Charles et la petite dernière Charlotte observaient désespérément leurs parents. Je me rendais à mon commerce, contrairement à la plupart des habitants, je ne fuyais pas les troupes ennemies, je pensais naïvement qu'ils seraient repoussés avant l'hiver, et je ne tenais pas à ce que mon cabaret soit pillé. Je me suis arrêté, j'ai dévisagé cette famille, les Voreux, et j'ai vu leur désarroi.

– Venez, je vais vous aider !

Ils m'ont suivi, sans trop savoir ce qui allait se passer. J'ai ouvert la porte de la petite maison au numéro 2 de la rue de la Planche Trouée, qui jouxtait mon commerce. Je l'avais acquis deux mois avant, je pensais faire des travaux et agrandir celui-ci. Mais je me disais qu'en attendant que tout cela se calme et que l'on repousse les boches dans leurs campagnes, il valait mieux attendre. Et puis, il y avait urgence pour cette famille de réfugiés, alors…

– Vous pouvez loger là, en attendant que cela se calme, je vous ferai apporter de quoi dormir et manger. Je vous laisse vous reposer, bien sûr vous allez devoir nettoyer cette maison, mais au moins vous avez un toit pour cette nuit.

En disant cela, je savais que cela allait se prolonger au-delà d'une nuit, mais je ne pensais pas trois ans. Je ne le regrette pas, bien au contraire, quelque part, j'ai retrouvé un foyer, que je n'ai pas eu. Orphelin, il a fallu que je me débrouille dans la vie, et la seule famille que je n'ai jamais connue, c'est ma sœur. Nous avons été séparés lors de la mort de nos parents. Je l'ai parfois revue après mon séjour à l'orphelinat de la rue Pellart. Puis, ouvrière bobineuse dans l'usine Pollet, elle a épousé un brave garçon, et ils sont partis à Paris, juste à temps avant l'invasion.

J'ai pris Jean comme aide, je le paye correctement, et puis je lui fournis, en fonction des arrivées, du charbon, du blé, de la viande et des pommes de terre. Il sert les clients, s'occupe du transport des marchandises. Homme à tout faire, habile de ses dix doigts, il répare aussi les dégâts occasionnés tantôt par les rixes, tantôt par les boches qui, non contents de tout prendre, détruisent lors des fouilles. Sidonie fait le ménage chez elle, et Dieu sait que son intérieur est propre, et s'occupe aussi de celui du café. Et puis, elle fait la cuisine pour moi, car en fait j'habite juste à côté au numéro quatre de la rue, non loin de chez eux. Lors de l'attaque de la région, les occupants sont repartis en Belgique. Le propriétaire cherchait à le vendre, je l'ai acheté avec les économies qui me restaient, j'ai fait signer Jean à ma place. C'est lui le propriétaire, c'est moi qui l'occupe. J'ai aussi trouvé un travail de retoucheuse à Valentine, cela lui permet de rester à la maison, près de sa mère. Les deux garçons ont grandi, mais ils continuent à aller à l'école, quand elle est ouverte. L'instituteur du quartier leur donne cours, ainsi qu'à d'autres, dans un petit local qu'il a trouvé non loin du croisement de la rue des Longues Haies et de la rue du Moulin.

J'arrive à m'en sortir, car je fais de la contrebande, et c'est comme cela que je continue à vivre, moi, mais aussi tous ceux qui se fournissent chez moi, dans ma cave. En dessous du comptoir, une trappe dissimulée, que l'on ouvre uniquement pour faire passer les marchandises, me permet de cacher l'essentiel.

Je m'appelle Coutelier, Julien Coutelier, je suis cabaretier rue des Longues Haies.

## Chapitre 6. Boulevard de Lille, Roubaix

Le Petit Journal du 5 octobre 1917.

*« Nos alliés enlèvent Poelcappelle et avancent vers Passchendaele, plus de trois mille prisonniers. Les Anglais ont continué hier leur offensive victorieuse à l'est d'Ypres, ils ont porté à l'ennemi un nouveau coup de boutoir.... »*

J'ai dû arrêter la parution dès octobre 14, dommage. J'en avais pris la direction après la mort de mon mari, Alfred Reboux en 1908. J'étais venue de Belgique, bien avant mon mariage, veuve, mère d'une petite fille. J'écrivais dans le Journal de Roubaix, où j'avais été embauchée pour faire des articles sur la femme, ses occupations, sa famille, ses recettes. Bref, rien de passionnant, pourtant je rêvais de rédiger des articles sur les politiques qui nous gouvernaient, sur les relations internationales et sur les grandes découvertes de ce siècle. Je signais mes articles sous le pseudonyme de Pervenche. Alfred avait poursuivi l'œuvre de son père qui avait fondé le quotidien en 1856. Il avait perdu sa première épouse, peu de temps après mon arrivée. Quelques années plus tard, j'avais été séduite par l'homme et l'entrepreneur. Tour à tour journaliste, publiciste, imprimeur, homme politique, il m'avait subjuguée. On s'est marié en 1890. Il m'avait fait jurer de reprendre la direction de ses affaires, s'il lui arrivait quelque chose. Je n'y ai pas fait attention, mais cela est arrivé soudainement, le cœur a lâché, alors j'ai tenu ma promesse.

Jusqu'à ce jour maudit d'octobre, où les troupes bavaroises sont entrées dans notre ville. Maudis aussi ce jour de septembre 1916, le 18, où ma fille chérie Anne-Marie est morte à cause des privations, des souffrances et de cette tuberculose mal soignée, par manque de médicaments. Elle avait 18 ans. Je leur voue une haine terrible, et c'est pour cela que je continue à aider à la confection de ce journal clandestin. J'ai fourni la presse, le matériel et j'ai indiqué des hommes sûrs, anciens employés de mon défunt mari, des gens sur qui on peut compter, je les ai côtoyés durant des années.

Tout cela s'est fait par une rencontre extraordinaire. Il était étrange, celui qui est venu me voir quelques mois après l'invasion. Il était accompagné par un prêtre. Heureusement, sinon je ne l'aurai pas fait entrer. Il avait demandé à me voir pour me parler d'une affaire de la plus haute importance, avait-il dit à ma servante. Quand il est entré dans le salon, c'est le prêtre qui a pris la parole.

– Bonjour, Madame Reboux, je m'appelle Eugène Morin, je suis vicaire, à la paroisse Saint Sépulcre. Nous sommes venus vous voir pour…

Le prêtre s'arrêta de parler comme s'il ne savait plus quoi dire. C'est le jeune homme, qui a pris la parole.

– On a besoin de votre aide pour créer un journal libre, pour redonner le moral à nos concitoyens, ils en ont bien besoin.

– Clandestin ?

– Forcément, on ne va pas demander une autorisation écrite à la *kommandantur*.

– Et qu'allez-vous dire dans cette publication ?

– Les nouvelles de la France non envahie. L'abbé capte la Radio de la tour Eiffel, avec sa TSF. On pourra ainsi communiquer aux Roubaisiens, ce qui se passe, ce qui se fait, pour lutter contre les Allemands.

– Et pourquoi pensez-vous que je vais vous aider ?

– Si vous avez pris la décision de ne plus faire paraître le Journal de Roubaix, c'est bien à cause de la censure. Vous placez votre métier de rédactrice et d'éditrice de presse au-dessus de vos intérêts financiers, ça, c'est la première raison. La seconde c'est que cela va vous amuser de faire paraître un journal interdit par les boches. La troisième, c'est que vous devez vous ennuyer ferme depuis l'arrêt du journal.

Il avait frappé juste, il possédait ce regard gouailleur qui lui donnait un charme particulier et cette insolence tranquille qui vous donnait confiance dans ce qu'il faisait ou allait faire. C'est vrai qu'il aurait entraîné tout un régiment à le suivre dans cette aventure dangereuse.

– Et vous comptez le presser où, ce journal ?

– Dans vos locaux, pardi ! Les Allemands ne vont jamais soupçonner que vous puissiez le faire. Il suffira de mettre la presse dans un endroit sûr, à l'abri des regards, de l'éditer dans le silence le plus absolu, de le faire avec des typographes dont on peut avoir confiance, et de le distribuer en toute discrétion et toute sécurité.

– Les hommes, je les ai, je les connais et je peux désigner ceux qui le feront et ne nous trahiront pas. La presse, je l'ai aussi, j'en ai caché une avant leur arrivée dans le sous-sol, dans un débarras que j'ai fait murer. Reste cependant la matière première, l'encre et le papier, ils contrôlent tout.

– On va les dérober chez plusieurs imprimeurs de nuit en petite quantité pour ne pas éveiller les soupçons.

Je remarquai le regard interloqué du prêtre, qui commençait juste à comprendre dans quelle voie il s'était engagé.

– Je fournirai les caractères, les casses et les composteurs. Vous savez que mon journal est occupé en permanence par l'armée allemande qui s'en sert pour éditer ses affiches et ses ordres de réquisition.

– Y a-t-il un moment où les locaux sont libres ?

– La nuit, bien sûr, mais le bruit m'inquiète, on pourrait entendre la presse et un mouchard alerterait alors les autorités.

– Et si on modifiait votre presse pour la rendre plus silencieuse ?

Je le regardai ébahie, il n'avait pas froid aux yeux et il avait réponse à tout.

– Votre nom ?

– Je m'appelle Julien Coutelier.

– C'est d'accord.

Et c'est ainsi que je me lançais dans cette aventure, dès l'hiver 14, mise en confiance par cet homme qui m'avait redonné l'espoir de faire quelque chose d'utile, et en toute honnêteté pas seulement pour mes compatriotes, mais aussi pour moi.

Je m'appelle Reboux, née Hottiaux, Anne-Marie Reboux, j'habite au 80, Boulevard de Lille.

**Chapitre 7.  Boulevard de Lille, Roubaix.**

Le Petit Journal du 10 octobre 1917.

*« Nouveau bond franco-anglais dans les Flandres. Les Français avancent jusqu'à la forêt d'Houthulst et font plus de trois mille prisonniers. Les Anglais réalisent tous leurs objectifs, et capturent de nombreux prisonniers.... »*

Finalement, les jours, les mois, les années ont passé, lentes, tristes, sinistres, des années de douleurs et de misère. J'aurais pu supporter beaucoup de choses et par rapport à la grande majorité, je n'avais pas trop à me plaindre de ma situation. Quand ma fille est morte, c'est Julien Coutelier qui m'a redonné, non pas le goût de vivre, mais au moins le besoin de vivre pour mes autres enfants, et aussi pour le peu d'espoir que je pouvais donner, dans cet océan de détresse. Il m'a évité de sombrer. Il m'a non seulement soutenu, mais il a compris ma douleur et m'a parlé comme si j'étais sa mère, sa sœur, sa femme, sa grand-mère. Il est devenu comme un fils, lui, moitié voyou, moitié contrebandier, un cabaretier de la rue la plus populeuse de cette ville.

Notre entreprise a fonctionné, non sans difficulté, le « journal des occupés…inoccupés » a paru les premiers jours de 1915. Une feuille recto verso. Un moment, on a voulu l'éditer sur plusieurs pages, mais Julien s'y est toujours opposé. Il voulait garder un format et un nombre de pages qui permettait une distribution facile. C'est vrai qu'on pouvait emballer des victuailles avec et recouvrir la feuille par un autre papier. On pouvait facilement la plier et la dissimuler dans un habit, sous un chapeau, dans une chaussure.

On donnait des nouvelles de la France, de ce qui se passait sur le front, des bulletins de victoires, des espoirs de paix. Et parfois des exactions qui s'étaient produites, surtout durant l'invasion de 14. En octobre 1915, on avait appris toujours par la radio de la tour Eiffel qu'une commission d'enquête avait entendu de nombreux réfugiés belges en Angleterre et en France sur les massacres de Tamines, ce petit bourg de la Wallonie, près de Namur. Elle établissait que les soldats allemands avaient massacré des centaines de villageois le 22 août 1914, sur la Grand-Place, et cela au mépris des lois de la guerre et de la convention de Genève qu'avait signé le Reich quelques années plus tôt. Cette information avait rendu les autorités d'occupation furieuses. Elles avaient intensifié les recherches et promettaient maintenant des récompenses importantes pour toutes informations qui leur auraient permis de nous arrêter. Évidemment ma position de patronne d'une entreprise de presse, même à l'arrêt, entraînait une surveillance de tous les instants. C'est pour cela que je restais bien en retrait des activités et ne possédais aucun élément à mon domicile qui aurait pu éveiller les soupçons, lors des perquisitions qui devenaient quasi hebdomadaires.

On avait rédigé un petit article sur l'explosion du dépôt allemand de munition de Lille en janvier 1916, le commentant de façon à ridiculiser l'occupant. En novembre de la même année, on avait parlé de la bataille de la Somme, de leur échec à Verdun, de leur repli sur le front d'Arras en février 1917, de la victoire des Canadiens à Vimy en avril 1917, de la libération de Liévin quelques jours plus tard. Toutes les nouvelles cassant le moral de l'occupant et remontant celui des occupés étaient bonnes à mettre en prose.

Sur la demande de Julien, on avait rédigé de petits articles sur la situation en Allemagne, qui, il faut le dire et cela se confirmait par les informations que nous délivraient leurs soldats revenant de permission, n'étaient pas bonnes. Il semblait que la misère était pire dans leur « Reich » que chez nous. Cela nous avait surpris, on ne voulait pas le croire. Mais les bulletins d'informations anglais que l'on interceptait aussi nous le confirmaient. Le blocus, pratiqué par l'Empire britannique, avait été très efficace à la longue, et les civils allemands manquaient de tout. Ils connaissaient aussi les cartes d'alimentation, les files d'attente devant des boutiques aux étals vides.

Depuis cette année, Berlin était en proie à la famine et des milliers de Berlinois mourraient de faim. Les maladies, la prostitution, le marché noir n'étaient pas que le lot quotidien de nos territoires. C'est aussi pour cette raison que leurs soldats nous pillaient régulièrement et envoyaient leurs rapines chez eux.

On savait maintenant que les relations adultères étaient tout aussi présentes dans leur pays, que chez nous, ainsi que les maladies vénériennes et les avortements. Finalement, ces articles eurent un effet plus important sur le moral des occupés que les communiqués de guerre que nous rédigions régulièrement. Le fait de savoir qu'eux aussi souffraient à l'arrière du front, ne rendait pas plus supportable la misère chez nous, mais cela suffisait à assouvir nos désirs de vengeance que nous cultivions tous.

Les rencontres avec les membres du « réseau des occupés » se faisaient dans les locaux de la Croix Rouge, rue Pellart. Je m'étais inscrit comme bénévole pour les distributions que l'organisme effectuait régulièrement pour seconder la mairie. C'est là que je fis la connaissance de Suzanne Rousseau, qui nous aidait beaucoup. Elle secondait l'abbé Morin à écouter la TSF, visitait sous couvert de sa fonction d'infirmière les résistants, coordonnait les actions de passage aux frontières, rédigeait les notes codées pour les alliés. Son sourire remontait souvent le moral de nos amis. Pendant ce temps, notre vicaire sortait visiter ses fidèles, donnant ainsi le change. Il se savait surveillé depuis quelque temps, mais cela ne l'empêchait pas de poursuivre ses actions de surveillance des troupes, leurs mouvements, leurs casernements, leurs numéros d'unité, la localisation des batteries, et toute autre information utile aux troupes anglaises qui recevaient nos messages. J'avais aussi fait la connaissance du petit Henri, un jeune garçon bien débrouillard et qui nous avait souvent aidés. Il était d'un aplomb fantastique, sachant comment se sortir des situations les plus compliquées, avec quelques mots baragouinés dans la langue de Goethe pour tromper leur vigilance. C'est aussi dans ces locaux que je rencontrais Julien, durant la distribution de denrées qu'il venait chercher avec ses bons. On arrivait toujours à se parler quelque peu et à communiquer les nouvelles les plus importantes. Notre réseau était actif, et même si nos actions n'allaient pas bouleverser le cours de la guerre, il y participait et nous donnait l'impression d'être utiles.

Je le vis, il me fit un petit signe et s'adressa à moi, sous couvert de cette distribution de chaussures que nous faisions grâce au comité hollandais. La Croix Rouge avait officiellement arrêté ses activités pour protester contre les brimades, mais surtout les vols des troupes d'occupation des vivres et des colis envoyés par leur comité suisse pour les territoires occupés. Cependant un petit nombre de bénévoles continuait les distributions.

— Madame, c'est trop petit pour moi, il me faut une pointure plus grande.

— Venez, suivez-moi, je vais voir ce que nous avons encore.

Dès que nous pénétrâmes dans l'arrière-boutique, je perçus son regard inquiet.

— Amédée Leclercq s'est fait arrêter.

— Une rafle ?

— Non, on l'a surpris dans la nuit à son domicile de la rue des Longues Haies. Il s'agit à n'en pas douter d'une dénonciation. Je crois savoir de qui cela provient, mais cela n'enlève rien au fait que l'étau se resserre. Il faut arrêter la publication du journal pour l'instant, et attendre que cela se calme.

– Et pour Amédée ?

– Je vais voir comment faire. Pour l'instant, il est à la prison, rue Pierre Motte, dans les bains-douches. Je connais l'un des surveillants français. Il faut le faire sortir de cet enfer.

### Chapitre 8.  Hôtel de Ville de Roubaix.

La Gazette des Ardennes[6], n°45 du 11 octobre 1917.

*«Des centaines de personnes, hommes, femmes et enfants ont été tués ces derniers jours à l'arrière du front allemand, par l'artillerie anglaise et le feu des aviateurs français.... »*

René Prévost se tenait dans le bureau du major Hofmann, il regardait à travers la large fenêtre, la place où l'on voyait circuler les soldats allemands et les civils français en un joyeux mélange de proximité trompeur. Le major s'était absenté quelques instants pour donner des ordres à ses officiers.

*Place de l'Hôtel de Ville de Roubaix*

[6] La gazette des Ardennes était un journal de propagande allemand qui parut du 1 novembre 1914 au 8 novembre 1918 dans les territoires occupés de la Belgique et du nord de la France. Il était dirigé par les services de renseignements de l'armée allemande. Il fut distribué aussi dans les camps de prisonniers français.

Il savait que son poste de rédacteur en chef de la gazette des Ardennes lui donnait un rôle privilégié dans les relations qu'il pouvait avoir avec les officiers, fut-il major d'étape d'une ville comme Roubaix. Il traitait d'égal à égal. Les services de renseignements allemands lui avaient demandé de venir voir le major et de l'aider à anéantir un réseau d'espionnage qui sévissait dans cette ville. Non content de diffuser un journal clandestin, le réseau devait transmettre des nouvelles sur les mouvements de troupes et les convois de matériels militaires qui transitaient dans la région. Comment expliquer sinon que les offensives sur le front d'Ypres étaient systématiquement déjouées par les Anglais ? Comment expliquer les bombardements bien ciblés sur les dépôts de munitions de ces derniers mois ? Comment expliquer les informations qui pouvaient paraître dans la presse de la France et de l'Angleterre, sur les ordres de réquisitions, les déportations et les arrestations sur la commune ? Il fallait un réseau bien organisé, et des complicités à l'intérieur même des services de la mairie. Mais que diable, ce major attendait-il de lui ?

— Désolé, je devais donner des ordres immédiats pour faire des perquisitions non loin d'ici, grâce à une dénonciation.

– Cela semble une information qui a son importance, vous avez pris des mesures rapidement.

– Exact ! Souvent, nous intervenons trop tard, les personnes ou les preuves ont disparu, ce qui semble signifier qu'on espionne aussi à partir des bureaux de cette mairie. J'ai donc décidé de ne plus transmettre des ordres par écrit, mais de le faire oralement et directement à l'officier. De plus, le dispositif sera important. La lettre visait un quartier qui nous pose souvent problème par la densité de population qui y vit. Plus de trois mille personnes entassées dans une cinquantaine de petites ruelles qui donnent dans une rue où sont situées les plus grosses usines textiles de la ville.

– La rue des Longues Haies ?

– Vous connaissez Herr Prévost ?

– De renom, j'en ai entendu parler, il semble que cela ait toujours été un quartier de révolte, de grève et de mouvements ouvriers.

– Oui, les cours communiquent entre elles, les maisons se ressemblent et les personnes sont muettes, même si elles vont en prison ou sont déportées.

– Qu'attendez-vous de moi, major Hofmann ?

– De m'aider a brisé cette résistance, un bombardement a eu lieu dans cette rue, il y a quelques jours, si vous faites un article dans le journal avec une photographie des ruines et en citant les noms des victimes, cela peut nous aider à recueillir les renseignements nécessaires. Nous sommes certains que les membres du réseau d'espionnage se cachent dans cette rue.

– Et vous voulez monter la population contre eux ? Je doute que cela fonctionne, les alliés de l'Empire allemand comme moi ne sont pas nombreux dans le Nord. Vous avez surtout des « amis économiques » pour quelques vivres, quelque argent, ou quelques pillages partagés par vos hommes et les dénonciateurs.

– Je combats aussi ces pratiques, sachez-le ! Mais vous avez raison, c'est vrai que les espions que nous plaçons dans les prisons et les estaminets ne nous renseignent pas beaucoup. Les informations les plus efficaces proviennent des femmes françaises qui tombent amoureuses de nos soldats. C'est bien pour cela que nous encourageons les liaisons de nos soldats avec elles. La réquisition de logement chez l'habitant nous aide beaucoup. Votre journal a aussi du succès dans la région.

– Ne vous y trompez pas, c'est juste parce que nous donnons des nouvelles des prisonniers français, qu'il est lu par la population. Peut-être aussi grâce à un sentiment anti-anglais assez ancien que nous savons exploiter. Pour le reste, leur haine vous est destinée, ainsi qu'à moi. Oui, je sais vous vous posez la question, pourquoi je suis le rédacteur de ce journal et pourquoi je suis en affaires avec Fritz Schnitzer[7]. Mais parce que je suis un alsacien allemand, malgré la consonance de mon nom et que je suis un monarchiste convaincu. Je crois que nous menons une guerre légitime contre nos ennemis, les Anglais. Je veux combattre la presse adverse et expliquer notre vision aux Français, mais je ne suis pas suivi par beaucoup d'entre eux.

– Nous avons de bons rapports avec certains Français, ils nous aident beaucoup à vendre votre journal et à nous renseigner.

– Je suppose que vous faites allusion à Paul Lepers, il est un peu isolé.

– Non, il n'est pas le seul. Nous avons aussi une jeune fille, comptable qui nous renseigne et soutient notre Reich.

[7] Négociant et grossiste en café établie à Rotterdam, Fritz Schnitzer est un espion allemand de la guerre 14-18. Il fut le propriétaire du journal.

– Amusant ! Je suppose que vous faites allusion à Jeanne Dave. Vous voyez, je suis bien renseigné. En fait, elle est amoureuse d'un lieutenant allemand, mais qui n'est pas dans votre juridiction. Il semble qu'elle organise avec lui, des cambriolages du côté de Lille, et envoie la marchandise ensuite à Berlin, au domicile de l'officier. Pour être bien vue par vous, elle dénonce de temps en temps des réfugiés ou des soldats français qui se cachent[8].

– On peut citer les articles de Madame Yvette Musset que vous publiez régulièrement dans la Gazette.

– Major, vous m'amusez ! Sous ce pseudonyme se cachent la petite bourgeoise Yvonne Viez, et l'une de ses tantes, qui veulent satisfaire leur haine de leurs semblables, mais surtout de leur voisin. Bon, pour votre affaire, je vais voir ce que je peux faire.

[8] Elle fut arrêtée en 1919, à Paris, et condamnée à une peine de prison.

**Chapitre 9.  Rue des Longues Haies, cour Vroman.**

La Gazette des Ardennes, n°46 du 12 octobre 1917.

*« Exploits d'aviateurs anglais : une maison a été détruite à Roubaix le 21 septembre 1917 par un aviateur anglais, sept victimes ont été enterrées.... »*

Paul Lepers tenait à la main la dernière édition. Il avait maintenant une bonne trentaine de revendeurs. Les affaires florissaient, c'en était fini des petites magouilles d'avant la guerre. Cela lui avait valu à l'époque, plusieurs condamnations, escroqueries, usage de faux, abus de confiance. Mais sa rencontre avec Georgette, qui était devenue sa maîtresse, avait changé sa vie. Au début de l'invasion, il négociait du café, elle vendait un produit qui nettoyait les gants. Au début de l'année 1915, on leur avait proposé de vendre le « Bien Public », un journal de Gand, puis ils avaient monnayé les listes de prisonniers de l'évêque de Lille, Monseigneur Charest. La vente du journal « la Gazette des Ardennes » leur avait enfin fait gagner beaucoup d'argent.

Georgette était aussi la maîtresse d'officiers allemands. Il s'en foutait, cela leur permettait de vivre et même de s'enrichir, et puis pas beaucoup de différence avec son ancien

« métier » de souteneur. Finalement, il était tout aussi proxénète qu'avant la guerre, mais il s'enrichissait plus. Grâce à leurs relations avec l'occupant, ils avaient eu l'exclusivité de la vente du journal sur la commune, trois magasins, une trentaine de revendeurs, huit mille numéros vendus et des centaines de francs de bénéfices chaque jour. Cela permettait de bien vivre et même d'acheter de l'or. Le problème était de trouver des revendeurs pour la publication, mais on leur promettait un petit bénéfice, l'argent facilitait les choses, et faisait taire les consciences. Et puis, quand les revendeurs étaient tentés de partir, les menacer de les dénoncer, c'était toujours efficace.

Par contre, il n'aimait pas trop ce que faisait Georgette quand elle dénonçait les voisins ou les autres commerçants. On ne sait jamais, on savait que les Allemands ne gagnaient pas de terrain sur le front, et puis on avait appris l'entrée en guerre des États-Unis, une sacrée puissance économique qui pouvait faire pencher la balance de l'autre côté. Dans ce cas, il valait mieux ne pas trop s'être fait remarquer par des actes de trahison. Il le lui avait dit au moment où elle avait dénoncé cet homme, Jules Van Houtte, qui revendait en cachette les journaux français. Il avait été arrêté, roué de coups et condamné à trois mois de prison. Et puis Charles Wens, le voisin, trop âgé pour vendre le journal, et qui avait refusé, elle l'avait aussi dénoncé et on l'avait envoyé au travail forcé sur le front d'Armentières, creuser des tranchées.

– Où vas-tu ?

– Ne t'inquiète pas, je dois rencontrer René Prévost.

– Que veut-il ?

– Je n'en sais rien, mais cela semble important.

– Dépêche-toi, ce soir on fait une fête avec les officiers de la *kommandantur*. Il y aura aussi les journalistes Émile Toqué et Auguste Massé de la Fontaine[9].

– Je ne rentrerai pas tard !

Une heure après, il pénétra dans l'estaminet du « Pigeon bleu», rue du Tilleul. C'était un endroit où l'on pouvait se retrouver tranquillement, le patron et les habitués étaient des gens calmes qui ne posaient pas de question. Le bar, tout en bois d'olivier, faisait penser à un navire, coque retournée. On y trouvait encore de la vraie bière et quelques alcools, dont l'absinthe. L'estaminet était encore ouvert après le couvre-feu, c'est ainsi que l'on reconnaissait les débits de boissons qui étaient contrôlés et ouverts pour l'armée d'occupation.

[9] Journalistes français écrivant dans le journal des articles pro germaniques et dénonçant la République française.

– Bonjour, Monsieur Prévost.

– Bonjour, asseyons-nous dans ce coin. Je vais aller droit au but, comme on dit maintenant. Nos amis veulent démanteler le réseau d'espions qui publie un journal clandestin dans cette ville. Il faut faire parler vos indicateurs. Nous avons écrit un article sur le bombardement de la rue des Longues Haies du mois de septembre dans le supplément illustré de la Gazette, photo à l'appui. Cela permettra, peut-être de délier les langues.

– J'en doute, Monsieur Prévost, si la Gazette se vend bien, c'est à cause de la liste des prisonniers en Allemagne, et des soldats morts en captivité, que vous publiez. Mais, même la menace ne suffit plus. Ici à Roubaix, on le nomme le « journal des minteux », le journal des menteurs si vous préférez, c'est dire !

– Je sais cela, mais il y aura toujours un aigri ou un jaloux qui pourrait dénoncer l'un d'entre eux, ce qui permettra à nos amis de remonter la filière. Hofmann m'a dit qu'ils avaient arrêté un typographe, qu'il soupçonnait de composer pour la publication. Ils vont le faire parler. Il semble que l'ancienne directrice du Journal de Roubaix soit aussi impliquée, ainsi qu'un vicaire du quartier de l'Épeule.

– Je soupçonne également le patron de l'estaminet de la Planche Trouée d'en faire partie. C'est un voisin, son commerce n'est pas loin de mon domicile. Il est malin, et connu pour ses opinions de « résistant ». En plus, il sait s'attirer les bonnes grâces des sous-officiers et des soldats allemands en leur donnant des produits de contrebande pour pas cher. Et eux, ils le protègent des descentes et des perquisitions de la gendarmerie.

– Et ?

– Je vois souvent un gamin du quartier pénétrer dans le café. Il doit le renseigner et lui transmettre des messages. Quand il sort de son établissement, il rejoint un peu plus loin une jeune femme qui travaille à la mairie.

– Je commence à comprendre.

– Il l'a salut poliment, puis ils s'éloignent en discutant. Je me suis renseigné. C'est une ancienne institutrice qui travaille maintenant aux services des distributions. Elle s'appelle Suzanne Rousseau. Son mari est mort début 16, au chemin des Dames. Mais son vrai nom est Feder.

– Tiens, ce nom me dit quelque chose, en tout cas il est d'origine alsacienne. Vous en avez parlé à Baür, l'adjoint du major.

– Non, j'attendais d'avoir d'autres renseignements. Mais ce Julien Coutelier est habile. Je le soupçonne même d'avoir découvert que je le suivais. Je suis en rapport avec le capitaine Sautter, il est très efficace, je vais lui en parler. Inutile d'attendre encore !

– Faites-le, car si cette femme travaille à la mairie, elle doit avoir accès à des informations et les communiquer. Je vais me renseigner de mon côté sur ses origines.

– J'avais une question à vous poser, Monsieur Prévost. À votre avis, comment va se terminer cette guerre ?

– L'Empire germanique a perdu la guerre, mon ami, seul le Kaiser ne le sait pas encore. Mais le pire, c'est qu'il a aussi perdu la paix.

**Chapitre 10. Prison des bains Douches, avenue Motte, Roubaix.**

La Gazette des Ardennes n°46 du 12 octobre 1917.

*« Nouveau succès des sous-marins allemands. Le quatre-mâts français Blanche a été attaqué par un sous-marin allemand qui l'a coulé après un long combat d'artillerie.... »*

Paul Lepers regardait dans le couloir des cabines de douche, qui servait de cellule aux prisonniers. Un mètre pour se mouvoir, pas de cabinet d'aisances, ils devaient attendre la promenade deux fois par jour pour aller dans un lieu infect qui en faisait fonction, et rempli d'immondices, comme on pouvait s'y attendre. Les prisonniers punis devaient vider les fosses. Paul ne put s'empêcher de trembler en imaginant sa détention dans les mêmes locaux, si cela tournait mal. Il savait bien que les troupes allemandes étaient à bout de souffle. On parlait de désertion, de mutineries, et même de manifestations violentes et de grèves dans les villes de l'Empire. Quelques jours auparavant, plus d'une centaine de soldats allemands du casernement de Lannoy s'étaient rebellés. Ils avaient été arrêtés, et on les avait exhibés dans les rues, les mains attachées dans le dos. Mais cela avait eu l'effet inverse, certains de leurs camarades s'étaient joints à eux. De plus, des tensions se faisaient jour entre la Prusse protestante et la Bavière catholique.

– Il faut que j'interroge le prisonnier.

Le gendarme allemand ne broncha pas, on lui avait dit d'obéir à ce civil français. Il ouvrit la porte de la cellule, Paul y entra, regarda le prisonnier que l'on devinait hagard et inquiet.

– Je suis là pour vous aider. Je vous connais, on habite le même quartier, je pense même connaître votre femme Maria, et vos enfants. Vous devez juste me dire où se cache la presse sur laquelle vous travaillez et composez votre journal clandestin. Je ne vous demande pas de trahir vos compagnons, juste de me donner le renseignement pour que l'on détruise cette presse, et vous serez libre rapidement. Les autorités vous fourniront un laissez-passer pour rejoindre la France non envahie. Vous partirez pour la Suisse, de là vous gagnerez Paris, avec votre famille. Vous pourrez vous faire embaucher rapidement dans un journal de la capitale. Qu'en pensez-vous ?

Amédée Leclercq ne savait plus très bien quel jour on était, ce qu'il faisait dans ce cachot sans lumière depuis une semaine, pourquoi on l'avait arrêté et surtout l'inquiétude pour ses proches le rongeait. Ils ne le laissaient pas dormir plus d'une heure d'affilée. Il était abruti de sommeil, avait faim. Les brimades, les coups avaient rompu son équilibre et son assurance. Il voulait que cela s'arrête, qu'on le laisse tranquille, qu'on le laisse dormir, se reposer. Il voulait revoir sa femme, ses enfants. Il reprendrait son métier tranquillement, essayerait de vivre le mieux possible sans faire de vagues. Il chercherait un nouveau travail. Oui un travail qui ne le ferait pas soupçonner de quoi que ce soit d'illégal. Il voulait se fondre dans la légalité et l'anonymat.

– Je ne vous demande pas de nommer une personne, juste me dire où se trouve le matériel. Je vais vous poser des questions, vous devez juste hocher la tête oui ou non, cela sera plus facile pour vous. Ensuite, on vous conduira dans une cellule plus grande, on vous donnera à manger et vous laissera dormir. Après à votre sortie de prison, on vous laissera préparer vos affaires, chercher votre femme et vos enfants et on vous conduira à la gare pour prendre le prochain train. C'est simple. Qu'en pensez-vous ?

Amédée hocha la tête, sans le savoir et presque sans le vouloir, il était entré dans la logique des aveux.

– Bien, la presse est dans les locaux de l'usine de Madame Reboux, n'est-ce pas ? Non, alors dans une autre usine ? À l'usine de Monsieur Alfred Wibaux ? Non, dans un domicile privé, alors ? Oui, au domicile de Madame Reboux? Oui, c'est cela. Intelligent, comme elle loge des officiers supérieurs, on ne va pas la perquisitionner. Et Julien, le patron de la Planche Trouée, il vous aide ? Oui, bien sûr. Et Henri, le coursier de l'usine Motte qui habite pas loin de chez vous, il participe aussi ? Oui, bien sûr, vous êtes tous des résistants de la rue des Longues Haies ! Avec la belle Suzanne Rousseau, celle qui travaille à la municipalité au bureau des distributions, n'est-ce pas ? Oui, bien sûr. Et qui écoute la TSF, c'est un prêtre n'est-ce pas ? Oui, ne vous inquiétez, on le savait de toute façon. Personne d'autre ? Vous êtes sûr ? Bon, très bien je vous laisse tranquille, on va maintenant vous donner à manger.

Paul sortit de la cellule, satisfait, il se dirigea vers le couloir où l'attendait le capitaine Sautter.

— Voilà, j'ai tous les renseignements, vous allez pouvoir intervenir rapidement.

Il lui expliqua ce qu'il avait obtenu du prisonnier. Sautter nota le tout dans son carnet.

— On va pouvoir le changer de cellule et arrêter les mauvais traitements.

– Vous avez raison, on va le transférer à la citadelle de Lille dans l'heure.

– Je ne comprends pas !

– Vous ne pensez pas que nous allons le relâcher, même pour partir vers la Suisse, il sera fusillé demain matin dans les fossés de la citadelle. Il sera jugé ce soir même par le tribunal militaire.

– Mais vous m'aviez laissé entendre…

– Vous m'avez mal compris, on ne libère pas un traître.

Paul sortit de la prison, mal à l'aise. Ce n'était pas du tout ce qu'il voulait. Il se rendit tout de suite au café de Julien, guettant non loin de là, les mouvements d'entrée et de sortie. Il vit arriver Henri qui s'y engouffra rapidement ? Quelques instants plus tard, il en sortait. Il lui cria de venir le rejoindre.

– Jeune homme, je connais ton ami Julien Coutelier. Tu vas tout de suite lui dire que les boches savent tout et qu'ils vont arrêter tout le monde rapidement. Tu lui diras aussi que son ami Amédée sera fusillé demain à la citadelle de Lille. N'oublie pas !

Paul partit rapidement, laissant Henri un peu ébahi. Enfin, il se retourna, et entra de nouveau dans l'estaminet.

## Chapitre 11.  Rue de la Planche Trouée, Roubaix

Le rappel du 16 octobre 1917.

*« Près de 10.000 victimes de l'invasion, femmes, vieillards, enfants originaires de la région de Lille ont franchi la frontière suisse depuis deux mois. Un nombre encore plus important vient de nous arriver des centres de Roubaix et Tourcoing, rien de plus triste que l'arrivée de ces trains de misère.... »*

Je pénétrais en trombe dans l'établissement de Julien, peu de monde à ce moment de la journée. Pourtant les rares clients se retournèrent en entendant ma course effrénée. Mon ami comprit tout de suite, me fit signe de le suivre dans l'arrière-boutique.

— Eh bien, malgré le manque de nourriture et les privations, tu as encore de l'énergie.

Je lui racontais le mieux possible ce que m'avait confié l'homme dehors.

— L'as-tu déjà vu ?

— Maintenant que tu m'en parles, il me semble l'avoir vu traîner dans la rue, mais je ne suis pas sûr.

– Je pense l'avoir vu aussi à plusieurs reprises guetter dans le coin. On va essayer de le retrouver, en attendant je vais prendre les dispositions nécessaires. Heureusement que l'on a déménagé la presse par sécurité il y a quelques jours. Cours prévenir Suzanne. On ne se voit plus pendant un moment, si je veux te voir, je mettrai une bouteille vide devant la fenêtre, et pas de passage à la frontière, ils vont te suivre et cela sera un bon prétexte pour t'arrêter.

– Et Amédée ?

– Malheureusement, il est trop tard, on ne peut plus intervenir à la citadelle. S'ils le fusillent, c'est parce qu'ils ont obtenu tous les renseignements.

Je quittais mon ami Julien rapidement, et courus pour prévenir Suzanne. À cette heure-ci, elle devait encore être à la mairie pour travailler sur la répartition des vivres du comité de secours. Elle m'avait expliqué que les maires de Lille, Roubaix et Tourcoing avaient demandé en 1915, lors de la création du comité du ravitaillement de la Belgique de considérer notre région comme une province du royaume. Cela avait permis à celle-ci de ne pas connaître une famine qui aurait fait des morts par milliers. Ce ravitaillement nous avait permis de subsister, même si les privations avaient, avec le temps, augmenté. Le manque de nourriture avait aussi aggravé les maladies de toute sorte, et avait entraîné des décès. Mais on survivait, avec la faim au ventre, mais on survivait.

Bien sûr, pour beaucoup, et moi en premier, nous pratiquions la contrebande. On trouvait les denrées au-delà de la frontière à des prix bien inférieurs aux prix de nos villes. Je m'étais toujours posé la question de savoir pourquoi ? Julien m'avait expliqué que le pillage était moins systématique côté belge. De plus les sources d'approvisionnement par la Hollande, pays neutre, étaient plus proches. Les ports hollandais fonctionnaient à plein régime. De ce fait les marchandises comme le beurre, le café, la viande, l'huile, et tant d'autres valaient dix fois moins cher qu'à Roubaix, même si les prix en Belgique commençaient à augmenter considérablement par la demande. Alors, je fonçais. Comme tant d'autres, et grâce à mon âge, je fonçais rapidement afin de passer et de repasser avec les marchandises que l'on avait achetées de l'autre côté, c'est ainsi qu'on nous appelait les « fonceurs ».

Il fallait faire vite, les gardes-frontières tiraient sans sommation, dès qu'ils voyaient une ombre. Beaucoup s'étaient fait tuer ou blesser à la frontière. Pour les rares pris vivants, c'était la déportation dans un camp en Allemagne, et ce, pour de nombreuses années. La plupart des fonceurs passaient la frontière vers Mouscron, la ville francophone située dans le Hainaut. De mon domicile, il y avait cinq kilomètres jusqu'à la frontière. Ensuite il fallait continuer son chemin et négocier les marchandises avec les commerçants du centre-ville. Beaucoup de fonceurs s'arrêtaient aux premières boutiques belges, mais outre le fait que des mouchards les surveillaient et renseignaient les « diables verts », les prix étaient plus élevés. Je faisais donc quelques kilomètres de plus.  On pouvait ensuite se reposer un peu dans une maison près de la frontière, moyennant quelque argent et attendre le moment le plus favorable. Mais mon expérience me disait qu'il n'y en avait pas, même par les temps les plus difficiles, pluie ou neige. Seul, le brouillard nous protégeait un peu. Mais les gardes alors, tiraient au moindre bruit et les balles perdues faisaient autant de dégâts.

J'avais l'habitude de « passer » au petit matin, juste à la levée du jour. Je m'étais aperçu que la vigilance se relâchait. Ils pensaient peut-être que tous les fonceurs étaient déjà passés.

Ensuite, je prenais les chemins les plus tortueux, connus de peu de monde et regagnais les Longues Haies. Je frappais doucement à la porte de l'établissement de Julien, il m'ouvrait, prenait la marchandise qui pesait lourd, me donnait de quoi me restaurer. Ensuite je me reposais un peu, avant d'aller rejoindre mon travail, qui, il faut le dire, ne m'occupait pas toute la journée. Le chômage de la plupart des ouvriers et le fort ralentissement de l'activité me donnaient peu de boulot. C'est peut-être le fait que je passais inaperçu qui me protégeait du chômage qui frappait presque tout le monde. Et puis, le patron avait refusé de fabriquer les sacs que réclamaient les boches pour leurs tranchées. Il n'était pas le seul. D'autres aussi avaient mis leur usine à l'arrêt, et ceux qui avaient voulu continuer s'étaient confrontés aux grèves et sabotages des ouvriers.

Parfois, j'apercevais Valentine, la fille aînée de la famille qu'avait recueillie mon ami Julien. Dieu, qu'elle était jolie, cette Valentine. J'étais tombé amoureux d'elle de suite. Mais je faisais l'indifférent, non par calcul, mais parce que je ne savais pas m'y prendre, ni comment faire.

Que lui dire et surtout comment lui dire que je la trouvais la plus jolie du monde. Comment prononcer ces mots que je n'arrivais pas à dire. Cela nous aurait fait oublier ce monde misérable fait de faim, de souffrance et de maladie qui nous entourait. Chaque fois que je peinais à passer les marchandises à cause du froid, de la pluie, des dangers et des balles que j'entendais passer non loin de moi, je pensais à elle. Cela m'aidait à continuer, à poursuivre jusqu'à épuisement. Je savais que Julien donnait, et sans leur faire payer, de la nourriture à sa famille, à moi aussi bien sûr, et à Suzanne, mon amie. Le reste, Julien le revendait à des gens sûrs qui fréquentaient l'estaminet. Cela lui permettait de me donner de l'argent afin d'acheter d'autres marchandises. Il ne gardait que le nécessaire pour acheter de l'alcool de contrebande qu'il faisait livrer par ses propres filières. Il fallait une charrette qui transportait les caisses et beaucoup de complicité parmi les Allemands. Ce n'était pas dans mes cordes, mais lui connaissait la musique.

Courant toujours tout en accomplissant ce que m'avait demandé Julien, je pensais à Valentine. Pourvu qu'il ne lui arrive rien. En ce moment, les rafles avaient repris, ils arrêtaient tout le monde ayant l'âge de travailler, femmes, hommes, enfants, et les envoyaient dans ces maudits camps de travail. Comme les gens se cachaient, ils venaient la nuit fouiller les maisons, vérifiant si les occupants correspondaient à la liste affichée sur la porte ou la fenêtre, et embarquaient tous ceux qui avaient l'âge, même les malades. Ils n'étaient pas encore venus dans la maison de Valentine Voreux, grâce aux connaissances de Julien, mais…

Je grimpais rapidement l'escalier principal de la mairie, heureusement les gardes me connaissaient et ne demandaient plus mes papiers et mon laissez-passer. Suzanne était dans son petit bureau, j'allais pouvoir lui expliquer.

**Chapitre 12. Cour Jenart, Rue des Longues Haies.**

Le petit journal du 17 octobre 1917.

*« Dunkerque Héroïque. Des avions allemands ont encore bombardé cette nuit la région, ni victimes ni dégâts matériels. .... »*

Je me traîne du fauteuil près du poêle, à mon lit de vieillard, et de ce lit au même fauteuil. Je sens que je n'en ai plus pour longtemps. Ma femme Caroline le sait aussi même si elle essaye de me rassurer. Elle est même plus âgée que moi, elle est née en 1846, 71 ans, mais elle est plus résistante. Moi, je suis né le 3 septembre 1849, à Roubaix. Mon père Louis-Joseph était fileur comme presque tous les membres de la famille. Avec ma mère Vaturine, ils habitaient dans le quartier du Fontenoy, à la lisière des grandes usines qui s'étaient construites dans les années 1840. Par la suite, des forts[10] s'étaient bâtis.

Cela n'a pas beaucoup changé depuis cette époque, toujours les petites maisons accolées les unes aux autres, se faisant face par un étroit chemin. On y entre par un tunnel sombre et la plupart du temps, sinistre. Au fond, la baraque qui abrite les communs[11], et tout près une pompe à eau

[10] Autre dénomination de la courée, souvent employée par les propriétaires.
[11] Les W.C.

souvent potable parfois pas. On a comme toutes les autres habitations, une seule pièce qui sert de salle à manger, de cuisine, de cabinet de toilette et de dortoir la nuit. Dans ma maison de la cour Jenart, où j'habite maintenant, il existe un escalier très raide qui mène à la pièce de l'étage, et qui nous sert de chambre à coucher, moi j'appelle cela un poulailler, juste la place pour mettre un couchage, et encore, faut pas qu'il soit bien grand. Mais je ne peux plus y monter, c'est trop raide, alors je dors ici dans cette pièce. Ma femme y monte encore, elle dit que je ronfle trop fort la nuit. Je l'empêche de dormir.

J'étais le sixième d'une famille de dix enfants. Trois frères et six sœurs, dont la moitié étaient morts en bas âge, le dernier frère en 1911, je crois. Je suis le dernier de la famille. Une vie de misère, oui je peux le dire, une vie de misère. J'ai été exploité toute ma vie, d'abord les patrons des usines, puis maintenant les boches. Ce qui me fait rire, c'est que je n'ai rien, donc je ne peux rien leur donner. Ils repartent déçus de leurs réquisitions. Encore que la fois dernière, ils ont emporté les boutons de porte, la laine des matelas et le peu de ferraille que l'on avait.

Je ne les aime pas, je les ai combattus en 1870. Oui, j'ai fait la campagne d'Allemagne, comme il est indiqué sur mon livret militaire. Oh, pas longtemps le 12 août on est parti confiant, un peu comme en août 1914, mais on a perdu la guerre. On a dû se rendre et mon régiment a capitulé le 11 janvier 1871. J'avais commencé le service en 1869, mauvais numéro de sortie, j'avais sept ans à faire dans l'armée[12]. Je me suis retrouvé dans ce régiment qu'on surnommait le Royal Dragon. Finalement avec la loi de 1872, j'ai été libéré de mes obligations militaires en février 74. Mais j'ai ensuite refait des périodes d'exercice dans les années suivantes, puis la territoriale en 78, puis la réserve en 84. Et me voilà, presque impotent devant les mêmes casques à pointes qu'il y a un peu plus de quarante ans.

Jeune, j'étais tisserand à domicile, j'avais mon métier à tisser, le Jacquart, avec le reste de la famille, on travaillait à

---

[12] Par la loi de 1804, le service militaire n'est effectué que par 30% des inscrits, tiré au sort sur les listes, à partir de 1872, le service est effectué par tous les conscrits.

domicile. On ne gagnait pas grand-chose, mais on vivait. Puis, le progrès technique, comme ils disent, a conduit au regroupement de nos métiers en usine. De tisserand, je suis devenu fileur. Dès ce moment, on est devenu des esclaves. Attention, c'était difficile aussi à domicile, mais on était chez nous et on pouvait faire des petites pauses, sans avoir un garde-chiourme derrière notre dos. Le manque de main d'œuvre était important, il fallait de plus en plus de bras, alors les étrangers sont venus. D'abord des autres villes du département, Armentières, Douai, valencienne, puis d'autres pays, des Belges, wallons et flamands. Il y en avait tellement que toutes les inscriptions étaient dans les deux langues. Ils nous parlaient de leur pays, de leur ville. Ils étaient aussi malheureux, aussi exploités que nous.

On parle maintenant de l'occupation, des boches, des réquisitions, des ordres, mais avant aussi il y avait les ordres des patrons et des contremaîtres, 15 heures par jour. Pour certains directeurs, ils n'étaient pas mieux que les Prussiens. Et les réquisitions, on connaissait. La troupe, en plus des gendarmes, était présente quand on commençait les grèves. Elle protégeait les « renards[13] ». Je me souviens de la grève de 1880, c'était des ouvriers gantois qui avaient démarré le

---

[13] On dénommait de cette façon, les ouvriers qui ne faisant pas grève, en référence certainement aux renards qui pillent les poulaillers des fermes.

mouvement. Et puis, celle de 1903, même Jaurès était venu dans notre région pour nous soutenir. Toutes les villes étaient en grève, ils avaient même envoyé les dragons pour nous briser. Mais mon régiment, le royal, n'y était pas.

On n'a plus grand-chose à manger, et moi, je ne peux plus travailler, je vis, enfin je survis des subsides de la municipalité. Ma femme continue à coudre des vêtements et à garder des enfants en bas âge. Cela nous permet de faire rentrer quelques sous. Et puis, il y a Julien Coutelier. Il nous fait apporter des vivres qu'il arrive à faire venir de Belgique. Un jour, il nous a vus transporter un fagot à brûler. Il nous a aidés, nous a laissé un peu d'argent. Et puis on est devenus amis. Il m'écoute parler de mes souvenirs, de mes actions de gréviste quand j'étais jeune. De cette rue que j'ai toujours connue, de la vie des courées, de ses gens qui y ont habité, puis sont partis, pour la plupart vers le cimetière, car on ne quitte pas cet endroit, on est trop pauvre pour aller ailleurs.

J'ai été fileur à l'usine Florimond-Watel. Des luttes dans cette usine, je me souviens surtout de celle d'avril 1904. Le 9, notre manifestation avait été empêchée. Des troupes en nombre avaient été déployées. Mais on avait riposté et il y eut même un officier qui fut blessé par des jets de pierre. Tous les notables s'étaient déplacés, le préfet, le procureur, et même le général Solard, gouverneur militaire de Lille. Toutes les rues donnant accès à notre rue avaient été bloquées par la cavalerie et l'infanterie, en plus des gendarmes. Les cuirassiers avaient chargé boulevard de Belfort, non loin d'ici. On avait dressé des barricades rue de Lannoy, rue du Coq français, rue des Longues Haies. La répression avait été immédiate, des coups, des arrestations. Ils avaient emmené Marie Nachtergaele, une jeune embrocheuse[14] de 27 ans de la cour Bernard. Je la connaissais, elle travaillait avec moi. Elle avait eu le malheur de crier à un officier « À bas les galonnés », cela avait suffi à l'emmenée au dépôt central de la police par deux gendarmes et un piquet d'infanterie. Elle a été condamnée pour outrage à l'armée à de la prison ferme. Dans l'après-midi, il y avait eu des charges de cavalerie boulevard de Lille. On faisait grève pour que la journée de travail ne dépasse pas dix heures. Finalement, on n'a rien obtenu.

Je m'appelle Louis-Désiré Becquet, et j'étais fileur à l'usine de la rue des Longues Haies.

---

[14] Personne qui place la bobine de fil sur les tiges métalliques.

### Chapitre 13. Rue de l'Industrie, Roubaix

Le Radical du 18 octobre 1917.

*« En attendant le dernier acte de la bataille des Flandres. Il faut s'attendre à de nouveaux engagements dans la région, bien que le dernier communiqué britannique se borne à déclarer qu'il n'y a rien à signaler … »*

Je ne vis plus depuis qu'Henri m'a prévenu. J'attends les Allemands d'un instant à l'autre. Je sursaute au moindre bruit. Je ne dors plus la nuit. Ils viennent souvent vers 3 heures du matin, pour surprendre les habitants. Ma mère me sent inquiète, elle le devine. Elle pense qu'après avoir pris mon père, son mari, comme otage et envoyé Dieu sait où, ils vont venir me prendre aussi. Elle est forte, enfin elle le reste pour moi, mais je sais qu'elle est brisée par l'arrestation de son mari.

Cela remonte à plusieurs mois, ils sont venus de nuit. Ils nous ont rassemblés dans la pièce de vie, ont comparé avec la liste affichée à la porte, et ont déclaré que mon père avait un quart d'heure pour rassembler ses affaires et rejoindre les sentinelles postées dans la rue. S'il n'obéissait pas, nous étions fusillés. Ma mère lui a dit de se sauver, il n'a pas voulu, nous a réconfortés, nous a dit de l'attendre, il reviendrait, il ne fallait pas s'inquiéter. Puis, après avoir rassemblé quelques maigres affaires, il est sorti. Les gardes frappaient les mères et les pères qui s'opposaient au départ des plus jeunes, les épouses qui pleuraient celui des maris. Mon père nous avait fait promettre de ne pas sortir, de ne pas s'opposer, cela ne servirait à rien. Je ne lui ai pas obéi, j'y suis allée. J'ai vu tous les voisins qui étaient rassemblés pour partir, leurs familles criant et pleurant de honte, de rage et de douleur. Ils sont restés dignes, le regard un peu lointain, se sont mis en marche sous les haies des « colliers de chien[15] ».

*Uniforme des gendarmes de l'armée allemande 1914.*

[15] Ainsi dénommé par le collier en fer que les feldgendarmes portaient.

En partant, le chant de la Marseillaise a retenti, vite étouffé par les cris, les insultes et les coups[16]. Je les ai suivis, de loin, comme beaucoup d'autres. Ils sont partis, heureusement le temps était clément.

Ils ont été conduits à l'usine Motte de la rue d'Avelghem. C'est dans ce bâtiment que toutes les rafles se terminaient, et que les prisonniers attendaient leur sort. Les militaires semblaient débordés par le nombre de personnes. Les officiers criaient des ordres souvent contradictoires entre eux. Je suivais de loin la silhouette de mon père. Devant moi, une femme voulut remettre un paquet à un homme dans la file, le gendarme lâcha son chien qui la mordit tout de suite à la jambe. Le sang se mit à inonder les pavés, les rendant luisants sous la pâle lueur de la lune, la femme s'évanouit, l'homme cria quelque chose, le gendarme se retourna et le frappa avec la crosse de son fusil. Mon père disparut en entrant dans la cour de l'usine. Je ne pouvais plus le suivre. Ce n'était pas les gendarmes et les militaires de la *kommandantur* de Roubaix. Je ne connaissais pas les écussons de ces soldats. J'appris par la suite que pour éviter les dispenses et les sollicitations des notables et du clergé, on avait requis un bataillon prussien, de

---

[16] Ce genre de scène se reproduira à de nombreuses reprises, 8.000 personnes de la ville de Roubaix furent ainsi déportées, soit plus de 10% de la population.

passage dans la ville. Pas de dérogation, interdiction pour moi de pénétrer dans les lieux, même avec mon brassard de la Croix Rouge que j'avais emporté et qui d'habitude m'aurait permis de pénétrer dans cette usine devenue la plus grande prison de Roubaix. Je savais pourtant ce qui allait se passer à l'intérieur. Il y aurait un recensement précis des raflés, des listes seraient établies, ensuite l'attente. Interminable pour tous, avant de sortir pour prendre la direction de la gare, où l'embarquement vers un camp de prisonniers s'effectuerait.

Avant ce départ cependant, il fallait nourrir les prisonniers, car l'attente prenait plusieurs jours, le temps pour les occupants de tout vérifier et de communiquer les listes à leur état-major et aux responsables de camps vers lesquels ils seraient envoyés. Les nourrir, les Allemands ne le faisaient pas, c'était à la municipalité de le faire, mais avec quoi, on n'avait plus rien. De plus, et comme souvent, on ne connaissait pas le nombre de personnes et combien de temps l'attente allait durer.

Mon père quitta l'usine le troisième jour. Henri m'aida à surveiller l'entrée, il le connaissait de vue. Il vint me prévenir, je courus, désespérée, pour pouvoir lui faire un dernier signe avant le départ. Je n'eus pas le temps de prévenir ma mère. Je savais qu'ils avaient reçu pour leur voyage quelques provisions, un pain de trois livres, une tranche de lard, un peu de fromage et deux œufs.

Il m'avait vue, je le vis sourire, soulagé. Il me fit un petit signe, puis la colonne de prisonniers s'ébranla vers la gare. Je m'étais renseignée, ils expédiaient quelques centaines de personnes, dans un convoi qui prenait la direction des villages situés dans les Ardennes, hommes et femmes mélangés. La population civile était non seulement une victime de la guerre, mais un moyen dont l'occupant se servait pour les travaux dans les champs, dans les usines, dans les tranchées et aussi pour servir de boucliers humains dans les lieux soumis à des bombardements.

Je partis à mon domicile, pour informer ma mère. Je la vis pleurer silencieusement.

Cela fait des mois que nous sommes sans nouvelles, rongées par le doute et l'angoisse. Aussi, elle devine mon inquiétude, comme moi je devine la sienne et sa terreur de me voir partir comme lui. Mais moi, je sais que cela ne sera pas pareil, je ne ferais pas partie d'un convoi de travailleurs forcés, non, je serai arrêtée, jugée et certainement fusillée.

– Promets-moi de ne pas t'opposer s'ils viennent te chercher ! Je crois comprendre que tu fais partie d'un réseau d'espions[17]. Je ne suis pas dupe.

– Maman, s'ils devaient m'arrêter, essaye de joindre Julien Coutelier, il est cabaretier à la Planche Trouée, rue des longues Haies, dis-lui ce qui me sera arrivé. Promets-le !

[17] À l'époque, on n'emploie pas le mot « résistant », mais « espion ».

### Chapitre 14.  Gare de Roubaix.

La Croix du 19 octobre 1917.

*« À travers les champs de victoire et de ruines. Douloureux spectacle, on s'entasse dans les ruines des églises pour prier. Nous avons vu, non loin du champ de bataille de la Marne, l'inscription suivante : vos tombeaux sont pour nous les hôtels de la patrie... »*

Je me suis retrouvée dans cette gare, là où mon père avait été déporté il y a des mois. Ils sont venus cette nuit, tard, je m'étais assoupie. Ils ne m'ont pas laissé le temps de rassembler des affaires, m'ont emmené tout de suite, sous les cris et les pleurs de ma mère. La seule différence avec mon père, c'est que lui était accompagné par de nombreux compagnons d'infortune. Lors de mon arrestation, j'étais seule. Ils m'ont enfermée dans une petite cellule des bains-douches durant plusieurs jours, sans lumière, sans toilettes, sans manger ou presque. Un pichet d'eau par jour, je suis déshydratée. Puis ce matin, ils m'ont emmené avec d'autres, direction la gare. Là, je n'étais plus isolée, des centaines de personnes prisonnières comme moi, dans les mêmes conditions, cela se voyait à leur état et leurs regards.

Maintenant, je vais comprendre et vivre ce qu'a connu mon père. On nous pousse dans les wagons plats de marchandises. C'est ce que nous sommes devenus, semble-t-il. Il est marqué sur la porte « *hommes=80, chevaux=20* ». Je sais lire l'allemand. Je ne vais pas travailler dans un champ ou dans l'une de leurs usines, non je vais certainement me retrouver dans un camp.

– Pourquoi es-tu ici ?

– Je ne sais pas, ils m'ont arrêtée cette nuit, ne m'ont rien dit.

La femme qui me parle est jeune, l'air affolé. Si elle s'est rapprochée de moi, alors que l'on montait dans le wagon, sous les ordres hurlés par les soldats, c'est que je dois ressembler à sa grande sœur ou à sa mère. Enfin je n'en sais rien, mais je suis plus âgée qu'elle et on se ressemble un peu.

– Et toi, pourquoi ?

– On m'a fouillée dans la rue, il y a trois jours, j'avais sur moi deux œufs que je venais d'acheter dans le magasin pour ma tante malade. D'après le médecin, c'est le scorbut. Elle a maintenant des hémorragies. Il nous a dit qu'elle manquait de vitamines, alors avec mes économies, j'ai acheté des œufs. Lorsque je suis sortie, deux gendarmes m'ont dit que c'était interdit, le magasin était réservé aux troupes allemandes. Ils m'ont arrêtée[18].

Les portes du wagon se sont refermées, nous sommes maintenant dans l'obscurité presque complète. Le train part lentement en direction de Tourcoing.

Le trajet dura trois jours, souvent le convoi s'arrêtait pendant des heures, ce qui nous permettait de sortir et de nous soulager, mais toujours sous le regard des sentinelles. Les hommes et les femmes mélangés essayaient de se soutenir. Denise, la jeune fille ne me quittait plus. Gand, Anvers, Eindhoven, des noms de ville que l'on pouvait voir sur les panneaux. Puis, ce fut l'Allemagne, Düsseldorf. C'était certain, notre destination n'était pas les campagnes ardennaises, mais bien les camps de prisonniers en Allemagne. Certains qui en étaient revenus nous en avaient parlé, on savait à quoi s'en tenir.

– Que vont-ils nous faire ?

– Je ne sais pas Denise, mais il va falloir être forte et tenir. On sera libéré dans quelque temps, et l'on reviendra dans nos foyers.

---

[18] Authentique.

Pour elle, c'était sûr, je ne comprenais pas pourquoi ils l'avaient arrêtée, c'était ridicule. Pour moi, je savais que c'était un peu plus compliqué.

Au bout du quatrième jour, le train s'arrêta, nous étions arrivées, épuisées, malades, mourant de faim et de soif. Les portes s'ouvrant, nous avons découvert les baraques de bois à perte de vue, entourées de barbelés, en arrière-plan la vision des collines boisées. Nous étions au camp de Holzminden, comme j'avais pu le comprendre par la discussion entre deux gardes.

Des centaines de personnes déambulaient, hommes femmes, enfants. Ils avaient tous un brassard rouge, numéroté, cousu sur leurs vêtements. On nous fit descendre, et c'est ainsi que l'on pénétra dans l'enceinte par rang de quatre. Arrivé sur ce qui ressemblait à une place principale au milieu du camp, on sépara les femmes des hommes. Dans notre convoi, il n'y avait heureusement pas d'enfants. Je vis les miradors qui surplombaient l'enceinte de plusieurs mètres. Les prisonniers étaient maigres, abattus et nous regardaient avidement, attendant certainement que l'on puisse leur communiquer des nouvelles des régions qu'ils avaient quittées depuis quelques mois. On dut dans les minutes qui suivirent subir notre première humiliation. Le « conseil de révision » se fit devant les hommes du convoi et les sentinelles. Nous étions nues, passions devant des médecins militaires qui nous examinaient, nous posaient des questions et ne nous épargnaient rien. Denise se mit à trembler très fortement, je pensais même qu'elle allait s'évanouir. C'est alors que je me mis à chanter l'Oiseau qui vient de France[19]. Ce fut une telle surprise que Denise s'arrêta de trembler, me regarda, interloquée. Les autres aussi, puis certains reprirent le couplet avec moi, les sentinelles se regardèrent, sans trop comprendre ce qui se passait. *« Les cœurs palpitaient d'espérance, et l'enfant dit aux soldats, Sentinelles, ne tirez pas, Sentinelles, ne tirez pas. C'est un oiseau qui vient de France ».*

La honte nous était passée. Les têtes se relevaient. La résistance passive nous permettait de ne pas sombrer. Un coup me fut donné sur la tête, je perdis connaissance.

[19] Chanson revancharde de 1871, qui évoque l'Alsace-Lorraine.

## Chapitre 15.  Camp de Holzminden, 25 octobre 1917.

L'Écho d'Alger du 25 octobre 1917.

*« La situation. La journée d'hier comptera comme une des journées mémorables de la guerre mondiale, lors de la bataille de l'Aisne, nos soldats ont vaincu et ont démontré leur valeur morale, leur discipline et leur ardente combativité. … »*

Je me suis retrouvée sur une paillasse. Denise me tamponnait le front avec un linge mouillé. J'ai compris que ma chanson n'avait pas plu à l'un des gardes.

– J'ai eu très peur, Suzanne, tu es restée plusieurs heures sans connaissances, d'autres personnes de notre wagon m'ont aidée à te transporter jusqu'à cette…Enfin, comment te sens-tu ?

– J'ai très mal au crâne, mais je suppose que cela aurait pu être pire.

– Merci pour tout à l'heure, sans toi j'aurais sombré, mais ta chanson m'a aidée à reprendre le dessus. Tu m'as fait comprendre qu'il ne fallait pas se laisser aller. Les conditions de détention m'ont semblé épouvantables. Il n'y a pas de chauffage, les anciennes détenues me disent qu'il gèle à pierre fendre l'hiver avec des températures de -20°. Il n'y a pas d'eau potable, les maladies sont légion. Pas de médicament non plus. Quant à la nourriture, inutile de t'en parler, tu verras par toi-même, il me semble que l'on va regretter les restrictions que l'on a connues. On doit travailler tous les jours dans la forêt, par n'importe quel temps, à abattre et débiter les arbres, même les femmes et les enfants. Ils font régner une discipline de fer. Si on n'obéit pas de suite aux ordres, on est puni de corvées supplémentaires.

Toujours sonnée, je regardais autour de moi et reconnue certaines femmes qui voyageaient dans le train, et d'autres que je ne connaissais pas. Il y avait ces jeunes filles, écolières, on avait dû les rafler à la sortie des classes. Une femme, près de nous, qui avait très certainement aidé Denise pour me soigner, me sourit.

– Bonjour, je m'appelle Severin, Angèle Severin, je suis née à Roubaix, votre amie m'a dit que vous étiez aussi toutes les deux Roubaisiennes, alors je viens aux nouvelles, cela fait huit mois que je suis prisonnière dans ce camp. Ils m'ont déportée au début 17.

– Pourquoi êtes-vous ici ?

– Otage ! Je suis directrice d'école, j'habite rue de Barbieux. Je faisais partie des « notables » désignés comme otage. On m'a arrêtée avec mon mari Guillaume, lui est professeur de lycée. Ils nous ont emmenés avec d'autres. Puis on a été séparé. Je ne sais pas dans quel camp, il est prisonnier.

Nous lui parlâmes longuement de la ville, de ce qu'elle n'avait pas vécu depuis son transfert dans le camp, il y a huit mois.

– Il y a ici des femmes originaires de tous les territoires envahis, ce groupe de dames est de Longwy, celles-là de Seclin, Cambrai, Valenciennes, Lille, Maubeuge, vous voyez cette femme-là, avec son énorme chapeau, c'est la duchesse Tascher de la Pagerie, sa famille descend des ducs de Lorraine. Son nom est le nom de jeune fille de Joséphine, plus connu sous le nom de Beauharnais, épouse de Napoléon. Cette personne d'une illustre famille de France côtoie aussi Mademoiselle Alphonsine Duleu, que vous voyez non loin originaire d'une commune de la Marne, prostituée notoire de la ville, mais fille au grand cœur et qui ne supporte pas l'occupation et les Allemands, d'où son séjour dans ces lieux. Elle a dû être dénoncée, elle soupçonne l'un de ses clients qu'elle avait insultés à cause de sa collaboration avec les boches. Il s'agissait du maire du village, un certain Bouchez[20].
Le groupe de dames qui se trouve à côté, il s'agit de femmes

20 Arrêté en 1919 et condamné aux travaux forcés.

d'industriels de la région. Leurs maris sont otages dans un autre camp, et elles ont été emmenées ici, on suppose pour faire pression, car nombre de leurs époux refusent de mettre leur usine à disposition des Allemands. Elles ont fait passer le message à ceux-ci, si vous cédez, on divorce[21]. Elles ont du courage.

– Et vous ?

Denise prit la parole, on voyait que parler d'elle lui faisait du bien. Elle n'était plus seule dans sa misère et son désarroi.

– Je m'appelle Denise Gadenne, j'ai seize ans. Ils m'ont arrêtée, parce que j'avais acheté deux œufs pour ma tante, qui était malade, ils m'ont dit que c'était interdit. Ma famille ne sait pas que je suis ici. Mes parents doivent être morts d'inquiétude. J'ai un frère plus jeune. Heureusement, à douze ans, il ne devrait pas être raflé. Mon père est Wattman[22], on habite au 21 de la rue des Longues Haies.

Suzanne faillit lui poser quelques questions, mais elle se tut. Il valait mieux rester prudent. Elle se présenta aussi, tout en disant qu'elle ne savait pas pourquoi on l'avait emmenée, alors qu'elle avait une carte de circulation et qu'elle travaillait pour la mairie de Roubaix. Elle fut interrompue par

[21] Authentique.
[22] On dénommait ainsi le conducteur du tramway.

l'entrée de deux gardes. L'un d'entre eux précisa à son compagnon qu'il ne savait pas pourquoi le commandant du camp, Karl Niemeyer voulait rencontrer cette Française. C'est vrai qu'elle était bien fichue, peut-être qu'il voulait en faire sa maîtresse. Ils la forcèrent à se lever, lui mirent des menottes et lui firent signe de les suivre.

*Photo des déportés camp de Holzminden, baraque 14A, 1918.*

Elle entra dans un bureau et fut mise en présence de plusieurs officiers. L'un d'entre eux prit la parole dans un français approximatif.

— Nous avons des questions à vous poser, et devons les transmettre au commandant d'étape de Roubaix. Vous connaissez Elvire-Maria Happ ?

– Oui, on travaille ensemble à la mairie de Roubaix.

– Elle vous a dénoncée comme espionne.

– Mais je ne fais que mon travail dans un bureau de distribution, je ne comprends pas. C'est faux.

– Ce n'est pas à nous de savoir ou de comprendre. L'officier Fritz Schaller du service de contre-espionnage veut vous interroger. Vous allez être reconduite à la Kommandantur de Lille pour y être interrogée. On n'aurait pas dû vous conduire dans ce camp.

**Chapitre 16.  Rue Newcomman, Roubaix.**

L'Echo d'Oran du 28 octobre 1917.

*« Victoire Française, maintenant que la fièvre de la grande bataille est passée, il nous faut publier les numéros de divisions à qui nous devons la victoire, les fantassins de la 28ième, la 3ième division d'infanterie, et les zouaves des régiments coloniaux. ... »*

Eugène Morin ouvrit la petite cloison du confessionnal, se signa et dit :

– Je vous écoute mon fils.

– Eugène arrête de faire l'abbé avec moi, tu sais bien que je ne mets les pieds dans ton église que pour te rencontrer.

– Julien, moi qui pensais que tu allais te convertir à mon contact et devenir un bon chrétien. Mais j'arrête là mes plaisanteries, je soupçonne que si tu veux me voir, c'est parce qu'il y a urgence.

– Oui, tu sais qu'Amédée sera fusillé dans les prochaines heures. On ne peut plus rien faire pour lui. Suzanne a été arrêtée il y a peu, et déportée quelque part en Allemagne d'après ce que l'on m'a dit. Et maintenant c'est Louis Désiré Becquet. Ils ont perquisitionné chez lui et l'ont emmené directement à la citadelle de Lille. L'étau se resserre. On venait juste de l'enrôler pour distribuer notre journal, à sa demande pressante. Il voulait absolument faire quelque chose. Je ne comprends pas comment ils ont pu savoir, à part qu'il a été dénoncé par l'un des lecteurs.

– Non, Julien c'est impossible. Il devait distribuer les paquets à des gens sûrs qui eux, se chargeaient de la distribution. Je suis consterné d'apprendre cette nouvelle, c'est un brave vieux qui voulait se rendre utile avant de mourir, disait-il. Je n'aurais jamais dû accepter.

– Ce n'est pas de ta faute. On avait arrêté la diffusion depuis un certain temps, et j'ai voulu ressortir un numéro pour parler des rafles dans notre région, et dire que toute l'Europe en parlait. Mais il faut avouer qu'on doit nous espionner de très près. Tu as appris pour le réseau de passage ?

– Non, mais parle plus bas !

– Grâce à Paul Lepers que j'ai convaincu de faire l'agent double et de nous renseigner...

– C'est un traître[23], Julien !

---

[23] Durant la guerre de 14-18, on ne parlait de collaborateurs, mais de traîtres.

– Oui, mais raison de plus pour l'embaucher et nous renseigner.

– Quel est son intérêt ?

– Une forme d'assurance vie pour l'avenir. Mais c'est ainsi que j'ai appris que notre réseau de passage des aviateurs vers la Hollande était découvert. On les attendait juste au passage, pour les arrêter, ils savaient exactement la date et l'heure de chaque passage.

– Encore un coup tordu d'un aviateur anglais pour s'amuser[24] !

– Non, pas cette fois ! Par contre, c'est étonnant que nos passeurs ne soient pas inquiétés.

– Tu soupçonnes quelqu'un ?

– « Jacques les trois couleurs[25] », de son vrai nom Jacques Van Langhehoven.

– Le militaire à la retraite ?

---

[24] En 1915, un aviateur anglais ayant profité d'une évasion vers la Hollande, après que son avion ne soit abattu, s'amusa lors d'un nouveau vol au-dessus de Lille de lancer des papiers ridiculisant les autorités allemandes. Grâce aux détails, les gendarmes allemands arrêtèrent l'ensemble des passeurs. Ils furent fusillés.

[25] Ainsi dénommé par la chanson patriotique du même nom.

– Oui !

– Que vas-tu faire ?

– Prendre toutes les dispositions nécessaires pour arrêter les arrestations. Les aviateurs attendront dans leurs cachettes actuelles. Moi, je vais passer la frontière, en disant que je veux rejoindre l'armée française.

Je quittais rapidement l'abbé et pris la route de l'hospice. Il fallait que je rencontre notre infirmière Marie Léonie Vandevogel[26], Charlotte Lameron de son nom de guerre. Elle aidait depuis longtemps les soldats surpris en 14 par l'invasion rapide, à repasser la frontière pour se rendre en France libre. Après ce fut les aviateurs tombés derrière les lignes ennemies, beaucoup d'Anglais, mais aussi des Français, et maintenant, on avait un américain à cacher et à faire passer en Hollande.

C'est Marie Léonie qui avait eu l'idée au début de les cacher à l'Hospice de Roubaix parmi les vieillards et les aliénés, mais lorsque les Allemands décidèrent de les envoyer en France via la Suisse pour leur éviter de les prendre en

[26] Inspiré de Marie-Léonie Vanhoutte, née le 13 janvier 1888, elle fabriquait des gilets avant la guerre, puis fut embauchée comme infirmière en 1914, arrêtée en 1915, déportée en Allemagne, elle vécut modestement jusqu'en 1969.

charge, il avait bien fallu changer de cachette. Alors on pensa aux caveaux familiaux du cimetière, avec la complicité des employés, on avait ainsi de bonnes cachettes, pas très confortables, et très froides l'hiver certes, mais au moins les voisins n'étaient pas très bruyants. Je devais la prévenir de ne plus faire passer ni les aviateurs ni les messages.

Je l'informais rapidement des évènements.

— Es-tu sûr de ce qui tu avances Julien, c'est un brave homme. Il nous aide beaucoup.

— Marie, pour l'instant, tu restes tranquille, tu ne bouges plus et tu ne passes plus la frontière. C'est trop dangereux, je vais tirer cette affaire au clair.

J'espérai l'avoir convaincu de ne plus s'exposer, l'étau se resserrait. Je me rendis ensuite au domicile de Jacques, les trois couleurs.

— Je viens de la part de Charlotte. Elle m'a dit de te préciser que « le drapeau garde en ses plis, l'âme de la patrie[27] ».

— Bien, je t'écoute.

---

[27] Paroles de la chanson, « Les trois couleurs ».

– Il faut que tu me fasses passer la frontière le plus rapidement possible, je dois me rendre à Amsterdam.

– Reviens me voir dans deux jours, à 8 heures le soir, juste avant le couvre-feu.

– Je viendrai.

Je repris la route vers les Longues Haies. Il fallait que je prenne quelques dispositions avant de partir. Le travail que je m'étais fixé n'était pas sans risques.

**Chapitre 17. Prison de la Citadelle de Lille.**

Le Petit Journal du 5 novembre 1917.

*« L'armée italienne résiste contre la ruée boche. Par des contre-attaques et des tirs, ils ont réagi à la pression des troupes ennemies... »*

Un peu plus tôt, un peu plus tard, de toute façon, je préfère mourir sous les balles allemandes que dans un lit en agonisant. Ma femme Caroline a pleuré lorsqu'ils sont venus me chercher. Bizarrement, je me sens mieux, plus calme, moins courbaturé. Je me suis aperçu qu'ils connaissaient tout de moi.

– Vous vous appelez Louis Becquet !

– Non !

– Comment cela, non ! C'est écrit sur votre papier d'identité !

– Non, il est indiqué Louis-Désiré, vous ne savez peut-être pas lire, mais c'est important un prénom composé pour nous Français. Vous, c'est simple, c'est Fritz, Hans, Karl...de toute façon vous n'avez pas changé.

– Que dites-vous ?

– Oui, depuis 1870, toujours aussi barbares !

Il est vrai que j'aurai mieux fait de me taire, enfin c'est ce que je me suis dit en recevant les coups. Ensuite, ils m'ont enfermé dans une cellule avec d'autres prisonniers. Je suis passé devant un tribunal militaire. Reconnu coupable de trahison ! Je leur ai dit que j'étais fier d'être un espion, de les « trahir » et de renseigner mes compatriotes libres. Évidemment, cela n'a pas arrangé mon sort. Fusillé demain matin ! Je leur ai répondu que c'était un honneur pour moi d'être abattu par les balles des boches. Je me suis défoulé.

– Hé, petit comment tu t'appelles, tu es bien jeune !

– Je me nomme Léon Turpyn[28], Monsieur. Je faisais de la résistance avec des amis, je renseignais les alliés, mais je me suis fait arrêter au début du mois d'octobre, en passant la frontière. Je suis condamné à mort.

– Mon Dieu, mais ils n'ont aucune pitié, tu es bien trop jeune pour mourir.

– Ne vous inquiétez pas, Monsieur, j'ai fait cela pour ma patrie, la Belgique. Ce qui me chagrine le plus, c'est pour ma mère et mes frères et sœurs, ils sont punis alors qu'ils n'ont

---

[28] Inspiré de Léon Trulin, résistant, dénoncé en 1915 à l'âge de 18 ans, fusillé le 8 novembre 1915 dans les fossés de la citadelle de Lille.

rien fait. Je vais leur écrire, je voudrais qu'ils sachent que je suis mort sans honte, sans haine, et sans douleur, mais avec bravoure.

– Tu me donnes du courage, « min tiot »[29], t'es bien brave. Comment as-tu été pris ?

– En fait, je suis parti de chez moi pour aller rejoindre l'Angleterre en 1915. Je voulais être incorporé dans l'armée. Je suis belge, Monsieur, originaire de la ville de Ath. Mais ils n'ont pas voulu, trop petit, trop jeune. Alors, on m'a demandé de faire l'espion. Je devais transmettre des plans et des précisions sur les installations militaires. Je peux vous le dire maintenant, de toute façon je vais mourir dans pas longtemps. Je suis parti avec un copain, Raymond. On est arrivé à la frontière à Putten. Ils avaient électrifié les fils de fer barbelés. On a essayé de creuser, mais on faisait trop de bruit. Au bout d'un moment, la patrouille nous a repérés, ils ont tiré. On a rampé. Ensuite avec les torches, ils nous ont vus, nous ont rejoints. On était cerné. Ils ont pointé leurs baïonnettes. Ensuite, lors de la fouille, ils ont trouvé sur moi dans un portefeuille les plans de tranchées, des champs d'aviation, des dépôts de munitions de la région de Lille. Heureusement pour mon ami, il n'avait pas de documents sur lui, c'est pour cela

[29] Mon petit.

qu'ils ne l'ont pas condamné à être fusillé, seulement la prison.

– Tu ne savais pas qu'ils avaient électrifié les fils ?

– Non, Monsieur, on était accompagné par un passeur. Il nous a conduits jusqu'à la frontière. Avant, il nous avait fait un plan, mais les barbelés étaient placés différemment, et il ne nous a pas dit pour l'électrification. On nous a ensuite transportés à la prison des Béguines, à Anvers, puis à la Citadelle quelques jours plus tard. Mais je ne regrette rien. Je suis malheureux pour ma famille, c'est tout. Et vous, Monsieur ?

– Oh, moi, pas grand-chose par rapport à tes actions héroïques, je distribuais des journaux clandestins.

– Bah, vous ferez quelques jours ou quelques semaines de prison, puis ils vont vous relâcher.

– Non, ils sont bien renseignés. Ils en savent un peu plus que cela, sur moi. Je suis aussi condamné à être fusillé. Dis-moi, « min tiot », il s'appelle comment ton passeur,

– Jacques les trois couleurs, Monsieur !

### Chapitre 18.  Rue Pellart, Roubaix

Le Rappel du 5 novembre 1917.

*« La France Chevaleresque. Alors que les empires de proies, guidés par le militarisme prussien se jettent avidement sur l'Europe, la France a fait connaître ses buts de guerre, rien que de plus que la restitution de ses biens spoliés … »*

Il fallait bien que je collabore avec l'occupant. Sinon, c'était la mort pour mon fils Marcel. La ruine, je pouvais la supporter, j'avais déjà perdu beaucoup d'argent avec les fermetures, les réquisitions et les grèves. Je savais que je pourrais reconstruire après la guerre, car elle finira bien un jour. Mais mon fils fusillé, impossible, je ne l'aurais pas supporté.

Pourtant, je lui en veux. Bien sûr son jeune âge, 17 ans cette année, a fait qu'il n'a pas réfléchi à ses actes. Vouloir passer la frontière hollandaise pour rejoindre l'Angleterre et ensuite repasser en France pour s'engager dans l'armée, c'est un acte héroïque ! Mais avant cela, faire la fête à Bruxelles avec n'importe qui et parler de ses projets ! Quel imbécile ! Quand je me suis fait arrêter en avril, je n'ai pas compris de suite. J'ai pensé qu'il s'agissait de faire des otages, de les envoyer quelques semaines ou quelques mois dans un camp, puis de les relâcher, comme cela s'était déjà produit. Mes deux frères Ernest et Henri, comme d'autres industriels avaient déjà subi ce genre de mésaventures, certes déplaisantes, mais on n'en meurt pas. Lorsque je me suis retrouvé avec les autres, René Wibaux, Edmond Alouette, Eugène Motte, et tant d'amis, j'étais persuadé que c'était cela. Ensuite, ils nous ont emmenés à Mons, au conseil de guerre. Ils nous ont accusés d'espionnage. Nous allions être interrogés.

Ainsi, c'était cela, ils savaient que nous avions formé un groupe de résistance. René Wibaux nous avait convaincus de ne pas collaborer, de lutter. Il nous avait demandé de ne pas fournir aux Allemands les matières premières qu'ils réclamaient, de ne pas faire travailler nos ouvriers pour fabriquer les sacs qui servaient à consolider leurs tranchées. Puis on avait pensé à donner de l'argent pour mettre en place un réseau de passage vers la frontière hollandaise afin d'aider les hommes en âge de se battre, à rejoindre l'armée française. On était fier de ce que l'on faisait. On savait que c'était dangereux. De nos occupations d'industriels, fort lucratives, mais souvent ennuyeuses, nous étions passés à des rôles d'aventuriers. Presque une pièce de théâtre que nous jouions à ciel ouvert et depuis quelques années. Ce n'était pas l'attitude de tous, mais c'était une posture pour moi, j'avais pris un rôle d'espion, de héros et de résistant que je n'avais jamais été. Faire comme les autres, ne pas être différent, et devenir un homme audacieux, brave et illustre, le personnage me plaisait. Tellement, que je mis dans la confidence des membres de ma famille pour me glorifier et me magnifier à leurs yeux, notamment mon fils Marcel.

En quittant mes amis de Roubaix, dans les couloirs de la prison de Mons, je les ai serrés dans mes bras, on s'est dit que l'on se reverrait, après notre libération au cercle des industriels, rue du Grand Chemin, et que l'on fêterait cela. Mais non, ils m'ont mis dans une cellule, puis on fait entrer mon fils. Je suis resté interdit en le voyant, je le croyais chez son oncle. C'est ce qu'il m'avait dit, qu'il allait passer la semaine avec ses cousins. Le voir dans cette prison, j'ai pensé qu'ils l'avaient pris en otage aussi, les barbares.

– Que fais-tu ici, dans cette prison, ils t'ont pris aussi !

Il m'a observé avec de la douleur dans le regard, puis a baissé les yeux, un peu honteux, comme lorsqu'il était petit, qu'il avait fait une bêtise et qu'il attendait penaud, le châtiment que je ne lui donnais jamais. De toute façon, je lui pardonnais toujours tout.

– Oui, j'ai voulu passer la frontière, mais je me suis arrêté à Bruxelles, j'ai été dénoncé.

Les mots avaient du mal à se frayer un chemin dans mon cerveau.

– Quelle frontière ? Qu'est-ce que tu racontes ?

– J'ai voulu partir pour m'engager, je voulais rejoindre l'Angleterre.

– Tu es fou ! Fou à lier ! Tu sais ce qu'ils vont te faire ? Te fusiller !

– Non, ils ont promis de me libérer, si je leur disais qui m'avait aidé, qui m'avait hébergé, quelles personnes nous donnaient les indications pour franchir la frontière. Au début, je ne voulais rien dire, puis ils m'ont battu, m'ont privé de sommeil, de nourriture...

Je le regardai, abruti de surprise, de douleur et de honte, non pour moi, mais pour lui.

– Ils m'ont dit ensuite qu'ils allaient quand même me fusiller, je n'avais pas donné assez de renseignements, ils ne pouvaient rien en faire. Ils m'ont dit que toi seul pourrais m'aider, me sauver, que je devais te le dire... Non, ne dis rien ! Tant pis pour moi !

Deux gardes rentrèrent dans la cellule, sans un mot, ils prirent Marcel par les bras et le tirèrent dehors. Il s'accrochait, voulait rester avec moi, hurlait qu'il devait me dire adieu, m'embrasser avant de mourir. Au moment où il franchissait la porte, je savais déjà que j'allais parler, sans privations, tortures ou menaces. Ils n'avaient pas besoin de cela, j'étais prêt à dénoncer tous mes amis, le réseau, les complicités, les actes de résistance et de sabotage auxquels on se livrait depuis deux ans avec les patrons de Roubaix, avec mes amis, mes camarades. Le réseau de passage pour les prisonniers et les aviateurs, les caches, les noms, les contacts, j'allais tout dévoiler pour que mon fils, mon unique enfant ne meure pas. Sa mère était morte à sa naissance, je l'avais élevé, nourri, éduqué, pris en charge, conseillé, aimé…Je ne pouvais pas le laisser mourir, non, pas cela. Je vais tout leur dire, ensuite, je partirai avec mon fils. Dès la guerre finie, on refera notre vie ailleurs.

Je m'appelle Vincent Lepur, je suis industriel à Roubaix.

### Chapitre 19.  Rue du Grand Chemin, Roubaix

Le Petit Parisien du 7 novembre 1917.

*« Les Canadiens ont enlevé la crête et le village de Passchendaele, qui marque une étape glorieuse dans la bataille des Flandres. C'est le couronnement de cette lutte de cauchemar, poursuivie depuis le 7 juin dernier... »*

Il fallait bien que je collabore avec l'occupant. Enfin, collaborer est un bien grand mot, disons que je fais des affaires. Et encore j'en fais avec ceux qui sont comme moi, des négociants, des marchands, des hommes sans scrupule quand il s'agit de s'enrichir, même s'ils portent l'uniforme. Sans scrupule, mais pas sans conviction, j'avais fait la connaissance des officiers allemands Lukratt et Schilling, les chefs du bureau des réquisitions de Roubaix. Pour moi, il était évident qu'ils cherchaient surtout à s'enrichir par n'importe quel moyen. Alors, oui, j'ai saisi l'occasion. Les marchandises allaient partir vers l'Allemagne, autant les racheter à ces hommes, les revendre un peu partout en Europe, et gagner de l'argent. Quand je parle de marchandises, j'entends les affaires volées et dérobées par les troupes au titre des réquisitions de toutes sortes dans les usines. Alors je rachète toutes les machines, matières premières et équipements. Ensuite, je m'arrange avec ces deux officiers, puis je revends la marchandise à l'étranger, surtout la laine et le coton, ce qui intéresse beaucoup les Britanniques. Le passage se fait via la Belgique, puis la Hollande et vogue via le port d'Amsterdam vers tous les ports du monde. Une partie de cet argent, je le redistribue autour de moi, essayant d'atténuer la misère que je vois et que j'ai connue étant jeune. Le comité, la Croix Rouge, les services sociaux de la mairie en profitent, mais aussi les habitants qui me connaissent bien dans les quartiers de mes entrepôts, l'Épeule et le Fresnoy. Ils me tutoient et cela me plaît. J'étais comme eux, il y a vingt ans.

Car, moi je ne suis pas né avec une cuillère en argent dans la bouche, comme tous ces industriels de la ville, qui se la jouent résistants, mais ne donneraient pas grand-chose à leurs ouvriers grévistes ou chômeurs. Ces messieurs ne confondent pas le patriotisme et le bénévolat, la résistance et le caritatif, la France et l'usine. Moi, oui, je fais des affaires avec les boches, mais une partie de cet argent me permet d'acheter du charbon, des vivres, des couvertures, des médicaments aux pauvres, à mes compatriotes, à ceux que j'ai connus et qui ont partagé la misère de ma jeunesse. Ceux qui comme moi sont des personnes « non grata » dans leur monde, et dans leur cercle d'industriels[30].

Mais attention, ces messieurs font des affaires avec les occupants, mais pas officiellement, non ! Officiellement, on fait de la résistance, et officieusement on vient me voir pour vendre ou acheter aux Allemands. C'est mon entreprise de négoce qui signe les contrats et s'occupe de la logistique, mais ce sont eux, les donneurs d'ordre. Et moi, je prends ma commission au passage, qui est très élevé, car j'assume les risques et plus tard, j'en suis sûr je prendrai les coups, car ils vont perdre cette guerre, ces messieurs de la Saxe, de la Bavière et de la Prusse. Ils n'ont pas les reins assez solides pour lutter contre le reste du monde.

Pour en revenir à ces patrons du textile, je suis injuste, beaucoup résistent à l'occupant. Eugène Motte, Firmin Dubar, René Wibaux, sont de grands hommes, et je les admire. Pour les autres, rien à dire. Enfin, pas tout à fait, non seulement ils font du négoce avec les Allemands par mon intermédiaire, mais certains font plus que pactiser, ils dénoncent. C'est Jules Labouet qui m'a fait des confidences, il venait d'être arrêté avec d'autres industriels, comme otage, puis libéré. Il vint me voir pour une affaire, je le voyais préoccupé.

---

[30] Situé à l'époque, au 7, grand-rue à Roubaix. Tous les industriels roubaisiens se retrouvaient dans ces salons cossus.

– Tu m'as l'air bien sombre, tes affaires vont si mal que cela !

– Oui, enfin, non pas que cela. Tu sais que je reviens d'un séjour forcé comme otage du centre de détention de Mons.

– Oui, ils t'ont libéré comme d'autres, mais ont retenu certains comme Wibaux.

– Oui, mais ils en ont arrêté d'autres, qui, avec Wibaux, sont accusés d'espionnage.

– Comment ont-ils su ?

– Par Vincent Lepur, c'est lui qui a trahi le comité Wibaux[31]. Ils ont menacé de fusiller son fils, il avait été arrêté à Bruxelles. Nous avions, et Lepur en faisait partie, organisé un réseau d'évasion des jeunes gens désireux de rejoindre l'armée française par la Hollande. Ce qu'il ne savait pas c'est que son fils en avait profité. Arrivé à Bruxelles, au lieu de partir tout de suite rejoindre la Hollande, il avait mené la grande vie et fait la connaissance d'une prostituée, originaire de Roubaix. Elle avait suivi un officier allemand qui avait rejoint son casernement à Bruxelles. Évidemment, les

---

[31] Le comité, créé par Firmin Dubar et Joseph Wibaux refusait de livrer du matériel aux Allemands et de faire travailler leurs usines pour l'effort de guerre allemand.

autorités ont eu vent de cette affaire, ont emprisonné le fils,
l'on fait parler, et ont fait pression sur le père pour…

– Donner les noms du comité !

– Oui, une cinquantaine de noms, ils ont tous été conduits
à Mons et vont partir pour l'Allemagne.

– Et toi ?

– Ils m'ont montré la déposition et la liste…

– Et tu as confirmé ! C'est pour cela que tu as été relâché.

– Oui, de toute façon tous les noms y étaient. Je n'ai fait
que confirmer, mais je n'en suis pas fier.

Je m'appelle Léon Martineau. Je suis négociant en laine,
on m'appelle « le roi du tissu », mais je ne négocie pas que
cela, pas seulement.

**Chapitre 20.  Rue du Grand Chemin, Roubaix**

Le Journal du 7 novembre 1917.

*« Lutte violente, la bataille d'aujourd'hui couronne une suite de victoires décisives pour les alliés. Dans le même temps, une attaque est dirigée vers le château de Polderhoek, et l'éperon de Goudberg... »*

– Monsieur Martineau, il y a quelqu'un qui vous demande, un certain Julien Coutelier, il dit que c'est urgent. Je ne voulais pas le laisser entrer et vous déranger, mais il m'a chargé de vous dire que c'est pour aider une personne que vous connaissez.

– Fais-le entrer !

– Bonjour, Monsieur. Je vais aller droit au but, on n'a que peu de temps. Je pense que vous connaissez Suzanne Rousseau, la secrétaire de la Mairie qui aide notre population. Elle a été arrêtée sur dénonciation. Ils l'ont emmenée en Allemagne dans un camp de détention, d'après ce que j'ai appris. Mais ils se sont ravisés et l'on reconduite à Lille pour qu'elle soit interrogée, et certainement fusillée, je crains le pire, Vous seul, avec vos relations, pouvait intervenir. Je vous demande de m'aider, je ferai ce que vous voulez pour vous dédommager.

– Pas besoin, jeune homme, je sais ce qu'elle fait pour les pauvres et les déshérités de notre ville, et je l'apprécie beaucoup. Je vais vous aider, mais cela ne va pas être facile, encore que…

Julien regardait interloqué cet homme, qui maintenant souriait.

– Par l'intermédiaire d'une personne, j'ai appris, une nouvelle qui va nous permettre de trouver rapidement beaucoup d'argent. Celle-ci va servir à soudoyer des officiers allemands pour la libérer. Ceux que je connais sont des bureaucrates. Par contre ils vont nous servir d'intermédiaires pour offrir cette somme à celui qui est en charge de la prison de Lille, depuis peu, le capitaine Sauter.

– C'est un fanatique ! Impossible de le soudoyer !

– Sachez, jeune homme que tous les hommes comme lui, peuvent le devenir, mais souvent ils sont plus chers.

– Je vous rembourserai !

– Gardez votre argent cher ami, je vous connais de réputation, vous n'en avez pas beaucoup, et le peu que vous gagnez vous sert à nourrir des personnes autour de vous. Et puis je veux aider votre Suzanne Rousseau.

– Ce n'est pas ma Suzanne, c'est une amie que j'apprécie beaucoup, qui nous aide. Je veux la sortir de cet enfer.

– Oui, bien sûr. Mais il suffit de voir dans quel état vous vous trouvez, pour comprendre tout de suite que pour vous, c'est plus qu'une amie. Mais bon, ce ne sont pas mes affaires. Voilà comment nous allons procéder. Vincent Lepur, vous connaissez ! Bien, cet homme a donné tous les membres du comité Wibaux, enfin les industriels qui résistent à l'occupant. Il en faisait partie, mais a voulu sauver son fils qui était dans les griffes teutonnes. Bref, une déposition, signée par lui, existe. Je vais me la procurer moyennant finance par un officier que je connais. Je vais photographier cette feuille, ensuite je vais trouver notre homme et lui demander deux millions de francs contre mon silence et la photo. Ensuite, je vais charger mon ami officier de faire une proposition à Sauter.

– Deux millions[32] !

– Oui, mon ami, à partir d'une certaine somme, plus personne ne se pose de question, même Sauter. Si je vous parle de tout cela, c'est en premier lieu qu'il peut toujours m'arriver quelque chose, de nos jours, on ne sait jamais. Ensuite, si jamais je devais être arrêté après la guerre pour trahison et intelligence avec l'ennemi, vous pourrez témoigner en ma faveur, sait-on jamais. Mais, ne vous

[32] Environ quatre millions d'euros.

méprenez pas, Suzanne Rousseau est une personne que je veux aider. Alors une fois libre, protégez-là.

— Je vais m'y employer.

— Un conseil, je me méfie des revanches et des vengeances, alors, dès sa libération, aidez là à partir pour la Suisse dans le premier convoi en partance, j'obtiendrai une place.

Julien parti, Léon Martineau prit son manteau et se rendit tout de suite au bureau des réquisitions.

## Chapitre 21.  Rue Pellart, Roubaix

Le Matin du 9 novembre 1917.

*« L'activité de l'aviation a été fort gênée hier par le vent et la pluie. Nos pilotes se tenant à faible hauteur et n'ont pas moins conservé le contact avec l'infanterie… »*


– Monsieur, il y a quelqu'un qui vous demande, un certain Léon Martineau.

– Dites-lui que je suis absent !

– Vous n'êtes pas absent, puisque je vous vois, Vincent Lepur.

– Qui vous permet !

– Moi, et renvoyez votre domestique, ce que nous avons à dire ne le regarde pas.

– Appelez le chauffeur en renfort et jetez-moi cet individu dehors !

– Alors, ils vont pouvoir lire ce témoignage que vous avez fait il y a un mois au centre de Mons, devant des témoins galonnés.

Léon profita de la stupeur de l'industriel pour s'asseoir confortablement, et faire un petit signe au domestique, qui après un instant d'hésitation, préféra sortir, comprenant qu'il n'avait pas sa place dans le salon.

– Bon, parlons peu, mais bien. J'ai ici une photographie de votre témoignage sur les agissements du comité Wibaux et les noms de ceux qui en font partie, la date, la signature, on voit tout cela très distinctement. Alors, je vous remets cela contre la somme de deux millions de francs, payable de suite. Vous êtes riche, vous le serez un peu moins après, mais je ne me fais aucun souci pour vous, vous comblerez cette somme rapidement.

– Jamais !

– Réfléchissez. J'ai aussi un document entre les mains, enfin une copie d'un procès-verbal de nos amis occupants, qui parle de votre fils, de sa liaison avec…, je lis, Mademoiselle Madeleine Martigny, qui habitait rue d'Inkerman dans notre bonne ville et qui est partie avec un officier qui logeait chez ses parents. Votre fils a vécu quelque temps chez cette demoiselle qui en profita pour écouter ses confidences sur le réseau de passeurs de la frontière. Il y a aussi la liste des arrestations faites depuis que nos amis ont « convaincu » un dénommé « les trois couleurs » à les aider dans leurs bonnes œuvres. Nul doute que tout cela intéressera très fort vos amis, et votre famille. Je sais cela s'appelle du chantage. Deux millions à me remettre demain, la banque est encore ouverte à cette heure. Votre frère le plus âgé viendra me les remettre à mon domicile, disons vers les trois heures.

Je vous souhaite le bonsoir, cher Monsieur, mes amitiés à votre fils.

Léon se leva, et sortit de la pièce sans attendre une réponse de la part de Lepur, il était sûr que la transaction se ferait. Il restait à organiser le reste.

Il avait demandé à Schilling de passer chez lui, dans la soirée. Deux heures plus tard, ils discutaient ensemble.

– Trop dangereux, Léon, trop dangereux, Sauter est un fou furieux, il n'acceptera jamais, et je me retrouverai en prison. Crois-moi, elles ne sont pas confortables ni pour les Français ni pour les soldats allemands accusés de trahison.

– Penses-tu que l'Allemagne va gagner la guerre, Hans ?

– Quelle drôle de question, tout à coup !

– Réponds-moi sincèrement !

– Non, il n'y a plus un seul soldat qui pense que l'on va gagner, à part ceux qui sont morts.

– Donc, ton Sauter, non plus !

– Certainement.

– Par contre cette guerre va finir un jour.

– On l'espère tous, vous comme nous.

– Bien, toi, tu n'as pas trop d'inquiétude à te faire, tu as gagné de l'argent avec nos affaires, mais Sauter, lui se demande ce qu'il va faire, et comment il va faire. Je sais que sa famille est noble, mais sans grande fortune, et bien tu vas

lui proposer une fortune et lui dire ce que je viens de te dire.
Il acceptera à n'en pas douter.

– Peut-être !

– Un million pour lui, un million pour toi.

Hans laissa tomber son verre de cognac, et au prix qu'il
coûtait au marché noir, Léon pensa que c'était fort dommage.

## Chapitre 22.  Maldegem, Belgique.

La Croix du 11 novembre 1917.

*«Au cours d'un coup de main des Britanniques, sur le front Nord, et exécuté avec succès, les troupes ont fait 21 prisonniers et enlevé une mitrailleuse. … »*

— Je sais que vous avez trouvé le temps long, mais croyez-moi, Julien, organiser un passage pour aller en Hollande n'est pas simple, il faut prendre des précautions, s'arrêter dans des étapes sûres, tenues par des personnes de confiance.

— Vous devez avoir raison, Jacques, mais fin octobre vous m'aviez dit de revenir deux jours plus tard, je pensai partir ce jour-là. Puis vous m'avez fait attendre une semaine, avant que l'on puisse se mettre en route, mais enfin, je crois qu'on n'est plus loin maintenant.

— Non, vous voilà proche de la ville de Maldegem, de là il nous reste huit kilomètres avant d'atteindre la commune de Heille aux Pays-Bas, après vous pourrez rejoindre le port de Bresken, c'est à cinq heures de marche. Ensuite, vous trouverez un bateau pour vous emmener sur les côtes anglaises.

— Très bien, faisons une halte, si vous voulez, je suis un peu fatigué.

– D'accord, mais pas longtemps, la nuit est déjà bien avancée, on doit passer avant la levée du jour.

– Bah, personne ne nous attend ! Vous faites cela depuis longtemps ?

– Vous savez, avant j'étais militaire, maréchal des logis-chefs dans l'artillerie. Mais mon engagement fini, je me suis installé à Roubaix, j'ai voulu reprendre du galon en 14, trop vieux. Je n'ai pas été mobilisé, et puis les boches sont arrivés, alors je me suis demandé que faire. Grâce à Marie-Léonie Vandevogel, j'ai pu aider. J'avais besoin d'un nom de code, j'ai pensé à celui-là, les trois couleurs. Je fredonnais souvent cette chanson, vous la connaissez ?

« Les connais-tu, les trois couleurs

Les trois couleurs de la France

celles qui font rêver les cours,

De gloire et d'espérance.

Bleu céleste, couleur du jour,

Rouge de sang, couleur d'amour,

Blanc, franchise et vaillance.[33]»

– Oui, je la connais cette chanson, et Marie-Léonie aussi. On m'a dit qu'elle venait d'être arrêtée, après avoir été dénoncée, à ce qu'on dit.

– Comment cela ?

[33] Les paroles sont de Georges Gourdon, poète français du XIXe siècle

– Elle se savait suivie. Elle pensait d'ailleurs qu'il y avait un traître dans le réseau. Ils l'ont incarcérée à Bruxelles. Elle attend son procès, ils vont la fusiller, c'est certain.

– Ah, une si brave et courageuse personne !

– C'est vous aussi qui acheminiez ses courriers vers la frontière ?

– Oui, parfois. Elle le faisait également, ou on les portait à des personnes qui habitaient à Gand, Anvers, Bruxelles qui les passaient aux Anglais après avoir franchi les lignes. Mais ils ne vont pas la fusiller, c'est une femme.

– Si, elle est actuellement à l'isolement en prison, c'est un régime à vous rendre fou. Lever cinq heures, on ne voit personne, quelques instants de promenade, puis retour dans la cellule, coucher à neuf heures, presque pas de nourriture. On vous laisse ainsi pendant des semaines. Puis ensuite, une fois rendu plus coopératif avec cet isolement, on vous réveille de nuit. On vous interroge. Au début, vous résistez. Mais on vous prive de sommeil. Vous devenez abruti, ivre de fatigue. Et puis, c'est une femme. Ils ne vont rien lui épargner, ni les humiliations ni les remarques. Elle sera déshabillée. Elle sera interrogée devant de nombreux soldats. Si elle n'a pas encore craqué à ce stade, on va la menacer de la violer. Puis on va simuler le viol. Puis on va…

– Ça suffit ! Pourquoi, vous me racontez ces horreurs !

– Parce que je vais te tuer, mais avant je voulais que tu saches pourquoi.

Pendant que les mots se frayaient un chemin dans l'esprit tortueux de Jacques, Julien plongea son couteau dans le foie de sa victime. Il savait que le coup était mortel. La victime perdait son sang rapidement. La douleur n'était pas trop intense et une forme d'engourdissement saisissait la personne. Puis la paralysie des membres survenait. La victime avait souvent toute sa conscience jusqu'au moment où le cœur lâchait.

– Oui, je veux que tu saches pourquoi tu vas mourir. Tu n'as pas trahi parce qu'on t'a menacé, non, c'est pour de l'argent. Pour tes passages à la frontière, tu demandais déjà de l'argent. Pour les risques disais-tu. Les Allemands ont bien compris, ils t'ont deviné, ils t'ont proposé plus d'argent, alors tu as accepté. Tu ne verras pas le lever du jour, tu n'entendras pas le chant des oiseaux, tu ne pourras pas respirer l'air glacial du petit matin. Adieu, les trois couleurs !

Le corps glissa à terre. Il était mort. Julien avait fait ce qu'il croyait être juste. Il devait maintenant rentrer le plus vite possible, il n'avait pas eu de nouvelles de Léon et ne savait pas si Suzanne serait libérée. Une centaine de kilomètres pour rentrer, un peu moins s'il prenait les chemins

de traverse et évitait les routes les plus fréquentées. Il pouvait
y être pour le surlendemain matin. Il fallait faire vite.

### **Chapitre 23.  Prison citadelle de Lille**

L'Excelsior du 10 novembre 1917.

*«La première fourragère rouge échoie au premier régiment de marche de la Légion étrangère. Ce régiment fait partie de la Division marocaine qui s'est illustré ces derniers mois dans les combats... »*

Tout était lugubre dans cette citadelle et, en même temps, surprenant. Léon Martineau y pénétrait pour la première fois, il n'aurait jamais eu l'idée de la visiter, de toute façon on ne pouvait pas y entrer, sauf accompagner par des officiers allemands, comme c'était le cas aujourd'hui. Il avait été surpris. Cette place forte était une véritable ville avec son casernement pour les soldats et pour l'état-major, mais aussi une chapelle, des magasins pour les vivres, une boulangerie et même un moulin. L'explosion de l'année dernière avait laissé de nombreuses traces, même si la reconstruction avait effacé une partie des dommages. La pièce où il se trouvait jouxtait les cachots de la prison militaire. Suzanne devait se trouver dans l'un de ceux-ci. Il avait accompagné Hans Schilling, un peu intimidé par le capitaine Sauter. Il avait pensé que c'était plus prudent, il saura mieux se faire comprendre de ce prussien borné. Il entra dans la pièce, et

Léon se dit qu'il ressemblait bien à ce qu'il avait imaginé. Casquette ceinturée de rouge de l'artillerie prussienne, monocle vissé à l'œil, uniforme montant, col empesé, culottes bouffantes, et paire de bottes, parfaitement cirés et lustrés. Son ordonnance devait se donner du mal. Visage juvénile, malgré ses trente ans, crâne rasé et un sourire narquois aux lèvres.

— Vous êtes en état d'arrestation, vous serez jugé et condamné pour avoir essayé de me demander la libération de cette femme.

— Je ne pense pas. Bon, maintenant après votre petit numéro d'aristocrate prussien, vous allez m'écouter. Vos parents vont apprendre dans quelques heures que vous vous livrez à des vols et des détournements de marchandises qui devaient normalement rejoindre les villes allemandes, mais que vous volez au profit des alliés. Votre père, le général Sauter, devrait se suicider comme tout bon officier qui se respecte et qui ne peut supporter l'idée que son nom, et celui de ses ancêtres, soient déshonorés par son fils aîné. Votre mère et vos deux sœurs vivront dans la honte le reste de leurs jours, abandonnées par toute la haute société prussienne et devront certainement survivre dans la misère. Tout cela est faux, mais pour la vraisemblance, une femme va se présenter à leur domicile, et sous prétexte de bien vous connaître depuis quelques mois, leur remettra une forte somme d'argent. Elle aura l'air de ce qu'elle est, une prostituée notoire. Elle leur expliquera que vous lui aviez demandé de leur remettre cette somme, dans le cas où vous seriez arrêté par l'autorité militaire, et leur donnera toutes les explications possibles sur l'origine de cette fortune. Dans le même temps, une missive anglaise sera opportunément interceptée par votre état-major du côté d'Ypres. Celle-ci donnera le détail des marchandises que vous avez fait passer et les sommes qui doivent vous parvenir pour paiement de celles-ci. Même si vous arrivez à vous disculper, ce dont je doute, votre père, et confirmer en cela par votre arrestation, sera mort, le déshonneur présent, et votre carrière brisée, car les doutes seront toujours présents dans l'esprit borné de vos supérieurs.

Sauter restait sidéré, son monocle avait quitté l'œil.

– Oh, je crois que vous commencez à comprendre. Au lieu de ce scénario funeste et un peu triste pour votre famille, je vous fais transférer sur un compte à l'étranger, en Suisse c'est une bonne destination, et à votre nom, un million de francs ou plus exactement un million de marks[34]. Cet argent vous servira après la guerre à redonner du lustre à votre famille, certes glorieuse et historique, mais ruinée à ce que l'on m'a dit. Sinon, vos deux sœurs vont devoir faire des mariages

[34] Durant ces années, les parités entre les deux monnaies sont à peu près identiques.

malheureux, votre château familial vendu, et vos parents vont devoir se séparer de leurs domestiques. Quel dommage ! Oh, j'oubliais de vous dire que je viens de faire racheter une partie des créances de votre père par la succursale de ma banque à Berlin. Je vais les garder le temps de la transaction et en garantie du bon déroulement de l'opération. Mon avoué à Genève a mes consignes pour la suite, si jamais je devais être emprisonné ou fusillé ou tout autre chose de désagréable qui pourrait m'arriver dès cet instant. Qu'en dites-vous ?

– Que dois-je faire ?

– Ben, libérez cette dame, et me la remettre tout de suite. Vous rédigerez dans l'heure un rapport indiquant que l'arrestation était une erreur, qu'elle est innocente que Léon Martineau, tout en se portant garant de cette dame, est venu la chercher pour la reconduire dans sa famille. Rien que des choses simples, finalement. Hans, ici présent contresignera votre déposition et ira la remettre tout de suite à la Kommandatur de Roubaix, au major Hoffmann.

Sous le regard ébahi de Schilling, Sauter quitta la pièce.

– Vous êtes démoniaque, Léon Martineau.

– Oui, Hans, mais avouez que c'est efficace !

Quelques instants plus tard, Suzanne entra, accompagnée d'un garde. Elle regarda les deux hommes.

– Monsieur Martineau !

– Mettez ce manteau que j'ai apporté sur vos épaules, Suzanne, il ne fait pas chaud dehors. Je vais vous raccompagner chez vos parents, avec ma voiture, on y sera en peu de temps, vous êtes libre.

## Chapitre 24.  Rue des Longues Haies, Roubaix

La Croix du 11 novembre 1917.

*«Grande activité de l'artillerie allemande ce matin, au nord-est d'Ypres. Notre artillerie a continué sa contrebatterie et ses bombardements sur le front. ... »*

J'ouvris la porte de mon estaminet, épuisé. Henri dormait, la tête sur une table. Mon entrée pas très silencieuse le réveilla.

– Julien, je vous attendais. Il faut que vous alliez chez notre amie Suzanne, elle a été libérée. Le chauffeur de Monsieur Martineau m'a demandé de vous le dire dès que je vous voyais.

– Quand l'as-tu vu Henri ?

– Hier soir, je vous ai attendu toute la nuit.

– Merci, tu es un ami. Je vais me laver et me changer, je suis couvert de boue et de crasse, et j'y vais tout de suite. Si tu n'es pas trop fatigué, cours prévenir mon ami l'abbé et dis-lui que les trois couleurs sont en berne. Demande lui aussi de dire une messe, il comprendra.

– J'y vais Julien !

Après m'être lavé et changé quelque peu, je partis de suite pour me rendre rue de l'Épeule. Un quart-heure suffisait pour faire le trajet à pied, ce n'était pas grand-chose par rapport à la distance parcourue depuis hier. Arrivé devant la porte, je m'interrogeais sur ce que j'allais dire.

– Rentrez, je vous attendais, elle dort, mais elle m'a demandé de la réveiller dès que vous serez là. Je voulais vous remercier du plus profond du cœur, vous et ce monsieur, vous me l'avez rendue. Mon mari a déjà été déporté. Je ne sais ce que je serai devenue sans sa présence et son soutien.

– Vous n'avez pas à me remercier. Je n'ai pas fait grand-chose.

– Si, ce monsieur nous a expliqué !

– Il a dû vous dire aussi de partir le plus rapidement possible vers la Suisse avec votre fille, sinon, ils peuvent revenir. Il doit vous faire parvenir l'ordre de départ signé par les autorités rapidement.

– Oui, mais mon mari, lorsqu'il va revenir ?

– Ne vous inquiétez pas, on va le prévenir, et même si tout va bien, le faire libérer. Ensuite, il vous rejoindra en Suisse ou en France, vous l'attendrez là-bas. Vous partirez à Paris. Je vais vous communiquer l'adresse de ma sœur, elle y habite. Elle vous prendra en charge et vous trouvera un logement et un travail pour votre mari. On manque de professeur dans la France libre. Tout se passera bien, mais il faut tout laisser ici. Je m'occuperai de faire le nécessaire pour que la maison ne soit pas pillée ou réquisitionnée. Elle restera en état. J'y installerai une famille digne de confiance, pour qu'ils puissent la préserver et à votre retour, elle sera de nouveau votre propriété.

– Nous allons suivre vos conseils, je vais la réveiller et nous ferons nos bagages. Le monsieur nous a précisé que demain nous serions sur le quai de la gare pour rejoindre la frontière suisse.

– Non, ne la réveillez pas, dites-lui que je…non rien ! Vous lui direz simplement que je suis passé prendre de ses nouvelles, que je suis rassuré. Ma sœur me fera parvenir des informations, dès votre arrivée.

– Vous l'aimez n'est-ce pas ? Je le vois dans votre regard, je pense aussi que ce monsieur de vos amis le lui a dit et lui a indiqué qu'elle avait bien de la chance d'avoir quelqu'un qui l'aime autant.

– Ah !

– J'ai vu de la tristesse dans son regard. Mais ne vous méprenez pas. Elle est malheureuse, parce que pour l'instant, elle porte encore le deuil de son époux mort dans les tranchées. Mais le temps fera son œuvre, elle est jeune, elle devra refaire sa vie. Soyez patient.

– Merci de vos paroles. Prenez soin de vous.

### Chapitre 25. Grand-Place, Roubaix

Le radical du 11 novembre 1917.

*«Des avions boches bombardent l'hôpital de Zuydcoote, seize morts et neuf blessés. Les avions ennemis ont lancé une cinquantaine de bombes ... »*

Il fallait que je prévienne Henri, les gendarmes allemands avaient enfoncé la porte de l'estaminet ce matin. Heureusement, il n'y avait personne. Je ne savais pas où trouver Julien. Il était absent depuis plusieurs jours, mais j'avais vu Henri dans l'estaminet hier au soir.

– Oui, Valentine, j'attends Julien, j'espère qu'il ne lui n'est rien arrivé.

Lorsque je suis sortie ce matin, pour aller chercher un peu de lait avec le bon que l'on nous avait donné la semaine dernière, je les ai vus défoncer la porte et ressortir quelques instants plus tard. Ils n'avaient trouvé personne. Ils ont discuté entre eux, puis trois gendarmes sont de nouveau entrés. Comme je ne les ai pas vus repartir, je suppose qu'ils vont tendre un piège pour arrêter nos protecteurs. Oui, c'est bien comme cela que je les nomme. Julien, parce qu'il nous a donné un toit et a fait travailler mes parents avec un salaire pour vivre. Henri, parce qu'il nous a fourni de la nourriture très souvent, pour ne pas mourir de faim. J'ai une impression étrange quand je vois Henri, je pense qu'il m'aime…Comment dire ? Il me regarde avec des yeux doux, il voudrait me parler, mais n'ose pas. Il essaye de me faire plaisir, de me faire rire. Je me sens bien avec lui, comme protégée du monde qui nous entoure. C'est pour cela qu'il faut que je le trouve, il ne doit pas rentrer dans…

– Ach ! Fais attention, tu m'as bousculé !

Je ne l'avais pas vu, préoccupée comme j'étais. C'est un officier, il porte un uniforme que je n'ai jamais vu, avec un blouson de cuir, il est près d'une énorme machine.

Des gendarmes interviennent, ils lui parlent, mais je ne comprends pas. Il fait signe non avec sa tête et semble vouloir s'opposer à eux. Mais, ils continuent à lui parler, et me prennent par les bras, ils veulent m'emmener. Je me débats. J'aurais dû faire attention. Ils vont certainement me conduire dans un centre de détention. Je crains le pire. Ils vont me prendre pour leur travail forcé. Ils raflent tout le monde pour les enrôler de force dans les Z.A.B.[35], les bataillons de travailleurs civils. Ils prennent hommes, femmes, enfants sous le moindre prétexte, et parfois sans cause réelle. On prend le chemin de la gare. Je vois Monsieur l'abbé Morin, je le connais, il vient souvent voir Julien. Il me regarde l'air inquiet, il me fait un signe.

– Où l'emmenez-vous ? Qu'a-t-elle fait ?

Ils l'écartent brutalement et poursuivent leur chemin, me tenant toujours par les bras. On arrive à la gare. J'espère qu'il va prévenir mes parents. Aux abords du bâtiment, les scènes de brutalités sont fréquentes. Partout des personnes veulent s'opposer au départ de leurs proches. Heureusement, mes parents ne sont pas là. Ils n'hésitent pas à frapper de leurs cravaches, les grands-mères et les enfants. Ils me poussent dans le hall d'entrée et je me retrouve à terre avec d'autres. Je pleure de honte, de douleur, de dégoût et de colère.

[35] Zivil Arbeiter Bataillon

## Chapitre 26.  Gare de Roubaix

Le radical du 11 novembre 1917.

*«Menace pour la Suède, les Allemands occupent les îles D'Aland. Ils ont débarqué des troupes dans la nuit de lundi, cet archipel commande à la fois le littoral finlandais et celui de la Suède. ... »*

L'abbé m'a prévenu, avant de rejoindre Julien. Il l'a vu, elle était conduite par les colliers de chien. Il faut que je la rejoigne. Il faut que je la protège. Ils vont certainement la faire partir pour Prémesques, le camp de transit près de Valenciennes. Transit ou destination, car il y a aussi les brassards rouges[36] dans ce camp pour déboiser la forêt, et envoyer du bois de chauffage dans leur pays. Sinon, ce sont les Ardennes. Ce n'est pas mieux, mais c'est plus loin. Je dis « nous », car je sais que je vais la rejoindre, me faire aussi arrêter et la protéger. J'arrive, je ne suis pas passé devant le bâtiment depuis qu'un avion anglais l'a bombardé. Les stigmates sont encore présents.

– Que fais-tu ?

C'est Julien, il vient de me prendre par le bras, il devait surveiller l'entrée de la gare.

---

[36] Ainsi nommé, puisque les travailleurs obligatoires portaient ce brassard de couleur rouge.

– Je ne peux pas la laisser seule dans cette tourmente. Vous savez bien que son jeune âge ne va pas la servir. Non seulement les boches vont en profiter, mais les autres détenues aussi, enfin pour celles qui ne sont pas fréquentables, elle peut devenir leur souffre-douleur.

– Donc, tu veux te faire arrêter aussi et la suivre, c'est bien cela ?

– Oui, je pourrai veiller sur elle. Je vous demande de prévenir ma mère surtout qu'elle ne s'inquiète pas, je saurai me débrouiller.

– Inutile de te faire entendre raison, mais après tout, elle a plus de chance de revenir avec toi que sans toi. Bon, écoute-moi bien, tu ne fonces pas tête baissée pour entrer là-dedans. Tu demandes à voir ta sœur. Ils vont refuser, mais tu pleures et tu dis vouloir aussi travailler avec elle. Ils te laisseront passer, trop contents d'avoir un otage supplémentaire. Si un garde essaye de te séparer d'elle, tu lui dis que c'est le capitaine Sauter qui l'a permis. Son nom devrait être un laissez-passer. Tu dis que tu es son frère, y compris au contrôle d'identité. Qu'elle joue le même jeu que toi ! Tu prends le nom de son frère Louis Voreux, tu habitais la ferme de l'Horne, près de la commune de Néchin en Belgique. La guerre t'a conduit, toi et ta famille à vous réfugier à Roubaix. Tu l'as joue confiant, en disant que le capitaine Sauter de la citadelle de Lille ne sera pas content s'il apprenait qu'on te cherche des misères, ni son père le général. Tu le connais parce que tu étais son domestique quand il était caserné à Roubaix. Retiens tout cela petit, et bonne chance à toi. Dernière chose, donne-moi tes papiers d'identité, tu les as perdus, tu ne sais pas où ils sont.

– Merci Julien,

– Aujourd'hui, tu es devenu un homme, tu n'es plus le petit Henri. Enfin, Louis, retiens bien Louis ! Si tout va bien, on se revoit dans quelques mois, quand tout sera fini. Tu apprendras un métier, et tu seras heureux, tu le mérites.

– J'y vais !

Je partis en courant, et je fis comme mon ami m'avait dit. En pénétrant dans la gare, je me mis à chercher, à scruter les visages, il y avait des centaines de personnes et une confusion générale, sans parler des ordres aboyés par les soldats. Puis, je la vis. Je pensais la trouver en larmes. Non, elle paraissait calme, presque en colère. Elle protégeait trois gamines des bousculades. Elles étaient près d'elle et s'accrochaient à sa jupe. Elle me vit, et me sourit. Ensuite, et en osant lui donner la main, je lui racontais ce qu'avait dit Julien. Elle m'écouta avec attention, et hocha la tête.

La mère des petites pleura en les retrouvant et remercia Valentine. On était maintenant serré avec les autres otages, attendant le train. Des heures passèrent, mais je me mis à lui parler, à lui décrire ma vie, ma famille, et à lui murmurer ce qu'elle était pour moi. À croire que ce drame m'avait libéré de ma timidité.

J'entendis la sirène du train qui entrait en gare. Nous allions partir pour les camps.

### Chapitre 27.  Rue de l'Industrie, Roubaix

Le radical du 12 novembre 1917.

*«Attaque allemande repoussée, les Anglais poursuivent l'organisation du terrain conquis. Les Allemands ont attaqué nos lignes au nord de Reims, Ils ont été repoussés ... »*

Je suis venu réconforter Suzanne et sa mère, c'est aussi mon rôle de vicaire de cette paroisse. Heureusement, elles vont partir pour la Suisse, et même si le voyage va être difficile, à la fin, elles seront en sécurité et pourront manger à leur faim.

– Comment allez-vous Suzanne ?

– Mieux, Monsieur l'abbé, beaucoup mieux ! Je revis. Je suis pourtant triste pour toutes celles que j'ai connues, parfois brièvement lors de ce séjour. Elles n'ont pas eu ma chance.

– Je ne vais pas vous réconforter avec des paroles creuses, espérons simplement que le Seigneur leur viendra en aide aussi.

– Avez-vous des nouvelles de Julien, je lui dois beaucoup, ainsi qu'à Léon Martineau.

– Ne vous inquiétez pas pour eux, Julien est parti pour essayer d'aider Valentine, la petite Voreux. Elle s'est fait arrêter par nos occupants. Ne doutons pas qu'il puisse la sortir de là. Quant à notre chef d'entreprise, il est bien plus chrétien qu'on ne veuille bien le décrire. Enfin, je veux dire, il a de la compassion pour les pauvres et les déshérités.

– Nous sommes prêts à partir, nous avons suivi vos conseils de ne prendre qu'un bagage léger, pour mieux supporter le voyage.

– Bien, vous avez eu raison. Je vais vous expliquer ce qui va se passer durant ce voyage et qui ne sera pas de tout repos. Le fait de savoir vous permettra de mieux vous préparer. Je sais cela par les dires de mes paroissiens, et les journaux libres que j'ai eus entre les mains. Ils ont décrit les étapes que connaissent les réfugiés. Vous allez d'abord attendre dans les bâtiments de la gare. Plusieurs heures ou plusieurs jours, cela dépend si les Allemands ont réussi ou non à remplir le train. Car vous voyagerez avec des gens de notre ville, mais aussi des villes de notre région, Tourcoing, Lille, Valenciennes, et autres. Le train comprendra environ 500 personnes, 50 par wagon, et de troisième classe, vous serez serrées et la promiscuité sera de rigueur, mais les autres réfugiés seront aussi tristes, malheureux et désorientés que vous. Une fois le train parti, le voyage durera trois à quatre jours. Il passera par Bruxelles, Audun le Roman en Meurthe-et-Moselle, et Strasbourg, vous ferez une halte de trois semaines en Belgique, une forme de quarantaine, rien de sanitaire dans cela, mais c'est pour éviter que les nouvelles que vous donnerez aux autorités françaises ne puissent fournir des indications sur leurs mouvements de troupes. De Strasbourg, un train vous emmènera à Schaffhouse en Suisse. Vous serez alors prises en charge par les autorités du pays, en sécurité et choyées. Quelques jours plus tard, le train partira vers Berne, puis Paris, si vous demandez cette destination.

– Merci de votre aide.

– Je vous accompagne.

Arrivée, à la gare, Suzanne prit le temps d'étudier les personnes présentes. Toutes les femmes étaient nu-tête, couvertes de vêtements pauvres et fanés. C'était un défilé lamentable de misère. Les regards recherchaient ce qu'ils ne pouvaient plus trouver dans ces lieux, la compassion et l'humanité.

### **Chapitre 28.  Gare de Plomion, département de l'Aisne**

Le radical du 12 novembre 1917.

*«Les Allemands attaquent nos positions au nord-ouest de Reims, ils ont été complètement repoussés, 1202$^e$ jour de la guerre, nuit calme partout ailleurs ... »*

On a appris que le village où notre train s'est arrêté s'appelle Plomion, près de Vervins, dans l'Aisne.

Nous avions attendu des heures et des heures en gare de Roubaix. Puis, ils nous ont fait monter dans les wagons à bestiaux. On était serré comme des harengs, hommes, femmes, enfants, vieillard, malades. Près de nous, une dame gémissait. Elle était enceinte de beaucoup, j'ai pensé qu'elle allait accoucher avant la fin du voyage. Elle tenait par la main une petite, quatre ans tout au plus. Valentine s'est approchée, tant bien que mal. Elle a demandé aux personnes autour d'elle de lui faire plus de place, qu'elle puisse respirer un peu mieux. La plupart, compréhensifs ont essayé de se serrer un peu plus pour la dame. Un homme, agressif, a commencé à revendiquer qu'elle n'était pas plus à plaindre que les autres. Il ne voyait pas pourquoi, il devait le faire. Il continua à discourir, jusqu'au moment où je réussis à le saisir par les couilles et le serrer. Il devenait rouge de douleur, ne sachant plus très bien ce qui lui arrivait.

– Maintenant, tu vas faire ce qu'on te demande, sinon je te promets que tu ne seras plus capable de t'en servir.

Au moment où je le relâchais, il se plia en deux et s'enfonça dans la foule, ne voulant plus rester près de moi. Oui, je n'étais pas très grand, mais je savais me battre, et parfois faire mal. Un peu d'espace se fit autour de la future mère, la petite aussi respirait mieux. Elle regarda Valentine avec une expression de reconnaissance et de douceur, comme lorsqu'on trouve autour de soi, une personne qui nous aide dans une situation difficile.

Quelques heures après un arrêt du train, les portes des wagons ont été ouvertes. Toujours les mêmes uniformes avec les chiens. On nous a fait descendre. Valentine ne quittait plus la dame et sa petite fille, et moi je ne quittais pas Valentine. On avait presque l'air d'une famille. On a voulu nous repartir et par là même nous séparer. J'ai suivi les conseils de Julien. Ils ne parlaient pas français, nos gardes-chiourmes, et moi je ne parlais pas leur langue. J'ai donc crié le nom d'Hoffmann, en prononçant quelques mots d'Allemands que je connaissais. Ce fut le nom de l'officier qui nous permit de rester ensemble. Comme commandant d'étape, ils le connaissaient, et s'en méfiaient.

Nous avons été conduits dans le village. On nous a désigné une grange où notre groupe pouvait s'installer. Nous avions plus de place, et la paille était confortable. Le lendemain, on nous a donné quelque chose à manger, un rata de bouillie d'avoine. La petite avait faim. L'état de la mère commençait à nous inquiéter. Les contractions avaient démarré. Une femme s'approcha d'elle. Je m'éloignais et en profitais pour partir en reconnaissance. Dès que j'ouvris la porte de la grange, un coup de crosse de fusil faillit m'assommer. En revenant vers l'endroit où nous étions, j'entendis la femme dire :

– Le travail a commencé et cela se présente mal.

Le soir, Valentine pleurait doucement. La mère était morte, une hémorragie. On avait essayé de faire tout ce que l'on pouvait avec l'aide de la sage-femme qui nous avait rejointes pour aider à l'accouchement, mais les conditions étaient trop difficiles, le bébé se présentait mal, d'après ce que l'on m'avait dit. La mère et l'enfant étaient morts. Nos gardes n'avaient pas bougé le petit doigt pour nous aider. Il est vrai qu'ils voyaient, eux aussi, la mort tous les jours dans les tranchées. Je scrutais leurs regards perdus, essayant de se protéger de l'horreur qui les entourait, regrettant certainement de se trouver dans ce pays qui les haïssait et que leurs dirigeants voulaient annexer au grand second Reich.

La petite fille ne quittait plus Valentine, le regard vide. Tout au long de ce voyage, de ces jours difficiles, j'avais admiré son attitude. Je pensais lui venir en aide et l'aider, mais elle était beaucoup plus forte que je ne croyais. Sous sa frêle apparence, elle me faisait l'effet d'un roc, et c'est elle qui réconfortait nos compagnons d'infortune. Restait à savoir ce que nous allions endurer lors de notre détention.

**Chapitre 29.   Gare d'Audin le Roman, Meurthe-et-Moselle.**

Le radical du 13 novembre 1917.

*«Actions d'artillerie assez violente au nord du chemin des Dames, dans le département de l'Aisne, ainsi que dans le secteur du bois de Chaume. Aucune action d'infanterie … »*

Notre train s'était arrêté. De Roubaix, il avait roulé vers Seclin, où il était resté à quai des heures, durant lesquelles il m'avait semblé que l'on accrochait d'autres wagons. Ma mère était sereine. Les mots de l'abbé l'avaient tranquillisée, elle savait ce qui nous attendait avant d'arriver en Suisse. Nous étions tous entassés dans un compartiment de troisième classe, mais nous avions de la place pour nous asseoir, seuls quelques hommes âgés, mais valides restaient debout. Avant de partir, la municipalité nous avait donné quelques vivres et un peu d'argent, je savais que cela se faisait. Avant je faisais partie de ceux qui soutenaient les évacués et les réconfortaient, maintenant, c'était moi que l'on assistait. Nous étions maintenant à l'arrêt, nous avions roulé toute la nuit. Ils nous avaient ordonné de descendre, le panneau indiquait Audun le Roman. Ainsi nous n'étions pas en Belgique, mais bien toujours en France, dans l'Est. On entendait le canon au loin, nous ne devions pas être loin du front. On nous conduisit vers une caserne, à la lisière du bourg. On nous donna une carte qui indiquait notre nom et notre provenance. Je tenais ma mère fermement, non pour la protéger, mais bien pour me donner confiance. On nous entraîna, femmes et enfants au fond du bâtiment. On monta les étages et on pénétra dans de grandes pièces vides, sans lit ni tables, uniquement de la paille au sol. Des infirmières allemandes étaient présentes, faisant leur métier, venir en aide aux misérables que nous étions. Je leur avais dit merci en allemand, je n'ai plus à cacher mes origines. Elles me regardèrent, un peu surprises et me sourirent. À la porte de la chambre, une sentinelle montait la garde, interdiction de sortir. J'entendais les enfants tousser, malades. Les nouveau-nés étaient nombreux, ils avaient l'air de souffrir de faim. Beaucoup de femmes n'avaient plus de lait, à cause des privations.

— Julien m'a promis d'intervenir pour ton père et d'essayer de le faire libérer pour qu'il puisse nous rejoindre.

— Alors, il sera libéré, il tient toujours ses promesses.

— C'est quelqu'un de bien, c'est un homme bon et juste.

— Je sais tout cela, maman, et je sais ce que tu vas me dire. Mais je suis veuve[37] depuis peu. Son souvenir s'estompe,

[37] À cette époque, les sexes n'étaient pas égaux en cas de veuvage. Les femmes portaient le deuil deux ans, vêtements noirs la première année,

mais avec l'amour que j'avais pour lui, j'aurais l'impression de le trahir et qu'il meure une seconde fois.

– Ne vis pas avec tes souvenirs, ma fille. Tu as 26 ans, tu dois refaire ta vie, penser à ton bonheur, recevoir et donner de l'amour, cela fait partie de la vie. Et puis, j'ai envie d'être grand-mère, et ton père aussi, je suppose. Ne me regarde pas comme cela, je n'offusque personne, je dis les choses simplement.

– On verra, pour l'instant essayons de faire ce voyage, de nous retrouver dans une région libre, et de revoir papa. Nous allons devoir nous loger, trouver du travail et survivre.

– J'ai oublié de te dire que Julien m'a donné l'adresse de sa sœur à Paris, il m'a dit qu'elle sera prête à nous aider pour nous installer. Il communique avec elle.

En regardant autour d'elle, Suzanne voyait la misère et le désarroi, comme cette femme avec ses nombreux enfants, le plus jeune âge de quelques semaines, partout des familles nombreuses. Les mères s'étaient organisées entre elles, elles partaient à tour de rôle au ravitaillement, quand une autre gardait les petits. Les politiques et militaires de tous les pays ne percevaient pas, ou faisaient semblant de ne pas s'apercevoir que les guerres étaient plus terribles encore pour

---

couleur mauve et gris la seconde. Le veuf, lui, ne devait porter le deuil qu'un an, vêtement noirs les premières semaines puis un brassard noir.

les civils, et notamment pour les mères, les épouses, et souvent les veuves. Car elles ne devaient pas penser qu'à elles, mais aussi aux enfants, à leurs maris et à leurs parents. Elles étaient souvent la clé de voûte de l'édifice de la famille.

On nous permit, durant le jour, de sortir dans la cour prendre l'air, il faisait froid, mais on respirait mieux qu'à l'intérieur. On nous précisa que nous devions nous organiser pour un séjour de plusieurs semaines, c'était la période de quarantaine dont parlait notre abbé. Je regardais autour de moi. J'apercevais les plus faibles, enfants et vieillards qui risquaient de rester ici, dans ce bourg de la Meurthe à tout jamais. Il y avait un médecin allemand, qui semblait débordé, faisant son possible pour soigner, mais comment le faire sans médicaments, sans pansements, sans remèdes, sans nourriture, sans vêtements chauds, sans rien.

La routine s'installa dans cette caserne, les jours passaient. Ma mère et moi aidions du mieux que nous pouvions nos compatriotes d'infortune. Je fis la connaissance de Marie Debailleux. Elle était institutrice à Tourcoing, à l'institut Sévigné. Dans cet établissement, situé dans la rue des Ursulines, elle enseignait aux filles adolescentes, les matières nécessaires au métier de secrétaire.

– Lors de la création de cet institut, on enseignait les métiers de couturière, lingère, repasseuse, piqurière, dessinatrice, modéliste, mais lorsqu'on a voulu enseigner le métier de secrétaire sténo dactylo, l'animosité des habitants s'est transformée en opposition, parfois en haine. Mais pour l'instant, c'est fini, l'école est fermée.

– Et votre famille ?

– Lors de mon arrestation dans la rue, ils m'ont emmenée directement à la gare, je n'ai pas revu Louis, mon mari, ni mes deux filles, Marie-Louise et Germaine. En y pensant, je m'angoisse. Pourquoi m'ont-ils emmené avec le convoi des évacuées pour la Suisse ?

– Ne vous inquiétez pas, ils sont en sécurité, les listes des personnes réfugiées circulent. Votre mari a dû y penser tout de suite et se renseigner. À vous entendre, les conditions de vie sont tout aussi difficiles à Tourcoing qu'à Roubaix.

– Oui, je pense. On les a vus arriver le 15 octobre 1914, surtout les Uhlans en grand nombre. Ils nous faisaient peur. Les plus anciens se souvenaient de leur combat contre eux en

1870. Après, les ordres ont été affichés sur les murs de notre ville. Il y eut même une affiche pour nous dire que c'était obligatoire de les lire.

Nous continuâmes à parler de nos expériences, en tout point semblables, d'occupés. C'est ainsi que les semaines ont passé. Jusqu'à ce jour, où l'on nous dit de nous préparer, nous allions repartir, départ ce soir d'abord pour l'Allemagne, ensuite la Suisse.

### Chapitre 30. Plomion, département de l'Aisne.

Le Petit Journal du 30 novembre 1917.

*«La conférence des alliés s'est ouverte hier à Paris, au ministère des Affaires Étrangères. « Notre ordre du jour est de travailler, travaillons »,  a dit Monsieur Clemenceau ... »*

J'avais pris mes marques. Je supportais le travail difficile, la coupe des arbres, le ramassage des pommes de terre dans les champs, le pavage des routes où passaient les convois allemands. Au début, Henri avait été séparé de moi. Je logeais chez un fermier qui m'employait à de petites besognes dans ses champs en dehors de l'activité forcée de l'occupant. Pour cela, il me rémunérait, pas beaucoup, mais au moins, cela me permettait d'acheter quelques provisions supplémentaires qui nous faisaient supporter la détention. Sans cela nous serions morts de faim ou malades gravement. Albert, le fermier, me donnait aussi quelques légumes, parfois des œufs. Brave homme, seul à cultiver ses terres. Ses fils étaient partis en août 14, sa femme était morte, sa fille s'était enfuie avec un soldat allemand. Il restait seul, rivé à sa ferme qui l'avait vu naître, et avant lui toute sa famille sur plusieurs générations. Dans ses yeux, on pouvait deviner le désarroi et le désespoir qui l'habitaient. Il ne vivait que par habitude, pas par nécessité ni par désir, non, juste par habitude. Le travail important qui l'accaparait lui permettait d'oublier, de ne pas penser, de ne pas réfléchir à ce qu'il était devenu, et à la mort. Mais cela viendrait un jour, un jour où il n'aurait plus la force de poursuivre ce que lui avaient appris ses parents, et avant eux toutes les générations de paysans, cultiver cette terre ingrate, et nourrir les animaux. Encore que pour ceux-ci, il ne lui en restait guère, quelques poules, échappées comme par miracle des Allemands et une vache, qui tenait à peine debout, presque aussi vieille que lui.

La petite fille qui s'était accrochée à moi avait retrouvé une de ses tantes qui avait voyagé dans un autre convoi. Elle l'avait recueillie tendrement, en apprenant ce qui était arrivé à sa sœur. Elle avait pleuré longuement, et m'avait expliqué qu'elle avait insisté pour qu'elle ne parte pas dans ce convoi, mais plus tard, après l'accouchement. Elles étaient parties en espérant pouvoir retrouver leurs maris en France, au front depuis le début de la guerre.

Henri, au début, avait été affecté à la consolidation des tranchées qui se trouvaient à une trentaine de kilomètres du bourg.

J'avais appris que les alliés avaient progressé, sur le front et depuis le printemps avaient menacé les lignes allemandes au sud de Laon. Le front s'était ensuite déplacé et une importante offensive britannique et canadienne[38] s'était emparée de cette zone depuis quelques jours. Nos occupants avaient alors envoyé tous les hommes disponibles parmi les prisonniers pour renforcer leurs lignes, creuser de nouvelles tranchées, et étayer celles existantes.

J'avais été sans nouvelle d'Henri durant deux semaines très inquiète, les rumeurs les plus folles nous parvenaient. On parlait d'une progression importante des alliés et cela nous réjouissait. Dans le même temps, on parlait de combats acharnés sur le front, et j'imaginais alors le pire pour Henri. Il revint quelques jours avant la fin de novembre, blessé,

[38] Bataille du Chemin des Dames.

transporté dans une carriole, conduite par deux compagnons d'infortune, moins atteints que lui. Albert m'avait alertée, j'avais accouru jusqu'à la place du bourg. Il était allongé, inconscient, une vilaine blessure à la tête, à peine recouverte par un bandeau sale.

Nous l'avions transporté à la ferme, et j'avais profité du désarroi apparent de nos gardes pour disparaître du travail de coupe dans la forêt. Ils ne faisaient plus le recensement. Il me semblait que les désertions devenaient de plus en plus fréquentes chez eux, enfants soldats et vieillards impotents représentaient la norme parmi nos gardes, même si quelques régiments d'élite passaient encore rejoindre le front. Arrivé dans le bâtiment, Albert m'avait aidée à le transporter dans la pièce de vie. On l'avait allongé dans la couche où le brave homme dormait depuis la mort de sa femme. On l'avait déshabillé, lavé, pansé. Albert avait eu un instant de recul et de gêne quand j'avais pris la peine d'enlever la culotte d'Henri. Il avait vu dans mon regard ma détermination. Il avait souri.

– Il a de la chance de t'avoir !

– Il m'avait dit qu'il me protégerait. Je pense que la situation est plus compliquée que prévu.

– Il doit se reposer et ne pas bouger. De toute façon, il est inconscient pour l'instant. Je vais aller chercher le médecin qui reste dans le bourg. On va avoir besoin de lui pour le soigner.

Albert parti, je suis restée longuement à regarder Henri. Il devait vivre, pour lui, pour sa famille, pour ses amis, pour moi.

**Chapitre 31.   Singen, Région du Bade-Wurtemberg, Allemagne.**

Le Petit Journal du 10 décembre 1917.

*«Engagement d'avant-poste sur le front de Cambrai. La nuit dernière, l'artillerie allemande a été active sur la rive droite de la Scarpe et au sud de Lens … »*

C'était la dernière étape avant la Suisse, Singen. Nous étions près de la frontière suisse. Ces dernières heures, avant notre délivrance, se passaient à effectuer toutes les formalités nécessaires. Mais nécessaire à quoi ? Et pourquoi nos bourreaux établissaient autant de papiers avec tous les détails comme s'ils voulaient nous ficher et retrouver notre identité plus tard. Comme s'ils pensaient qu'ils allaient poursuivre leur conquête sur toute la France et nous envahir pour des générations. Il faut reconnaître qu'avant de nous remettre aux autorités suisses, ils nous avaient remis les papiers et l'argent qu'ils avaient pris lors de notre départ de Roubaix. Ma mère avait relativement bien supporté le voyage et les difficultés de ces dernières semaines. Marie Debailleux ne nous quittait plus, et je pensais qu'elle avait involontairement participé à cette relative quiétude.

– Notre dernier train avant la France ! J'ai hâte, nous dit-elle.

Nous montions dans le train et étions entourées de soldats suisses, sympathiques et prévenants. Polis, bienveillants, cela nous changeait de ce que nous avions connu depuis plus de trois ans. Nous avions poussé un énorme soulagement, lorsque le train se mit à rouler. Nous étions en route pour la liberté. Marie reprit la parole.

– Plus tard, lorsque les années auront passé, je ne sais pas si notre pays se souviendra de la violence et de la brutalité des Allemands. Non parce qu'ils ne voudront pas croire, ce qui s'est passé dans nos territoires envahis, mais bien parce qu'ils ne voudront plus se souvenir. Et puis, l'immense majorité du pays n'était pas dans notre situation, alors on parlera des batailles gagnées, des héros, mais pas de nous et de nos souffrances.

– Non, quand le reste de la France connaîtra tous les supplices que nous avons endurés, ils seront sidérés. On ne pourra pas nier les déportations et le travail forcé.

– Ne crois pas cela ! On voudra oublier, ne plus savoir qu'une partie de nos départements et de notre population fut sous le joug de nos ennemis, car en parler voudra signifier qu'on avait aussi perdu des batailles et que nos héros avaient fui devant l'ennemi.

– Nous serons bientôt arrivées à Zurich, dit ma mère, plus préoccupée par le voyage que par notre discussion.

Notre voyage se poursuivit, après Zurich, ce fut Berne. À chaque fois, les témoignages de sympathie et de réconfort se manifestaient à notre endroit. Après une halte dans le canton de Berne et les démarches nécessaires à la poursuite de notre voyage, nous arrivions enfin dans la première gare française, Meillerie, une petite ville située sur le bord du lac Léman.

Nous étions accueillies par des drapeaux français et une fanfare. Ce fut un moment émouvant, nous pleurions de joie, mais aussi de douleur après toutes ces années de désespoir.

– Présentez vos papiers !

La Croix Rouge officiait à nous aider, nous distribuait les vêtements chauds nécessaires et nous facilitait les démarches administratives. On nous conduisit dans une grande salle près de la gare et on nous remit une liste en expliquant qu'il s'agissait des noms de personnes disparues que des parents recherchaient. Je reconnus quelques noms de notre ville. Je dus mettre les mentions à côté des noms : « se porte bien », « est malade », « décédé », « prisonnier », « otages ». Après quelques heures éprouvantes, on nous fit remonter dans un train plus confortable, accompagnés toujours par des infirmières. Je me précipitais avec Marie sur les journaux français, et les parcourus avidement, essayant de comprendre où on en était avec cette guerre qui n'avait que trop duré. À croire ceux-ci, c'était une question de semaines, voire de deux à trois mois tout au plus, avant la victoire finale sur l'Allemagne. Je découvris aussi les méandres de la révolution russe, et la volonté du nouveau gouvernement de signer un armistice. La conférence de guerre qui se tenait dans la capitale couvrait les « unes » des journaux. Je lisais tout aussi avidement les « potins » de Paris et de la France. Cela me remémorait un petit air d'avant la guerre. Les accidents de la rue, les faits divers, les arrestations de voleurs, la grève des fonctionnaires, toutes ces nouvelles, je les lisais avec plaisir. D'un coup, je m'arrêtais et m'aperçut que ma mère ne participait pas à cette joie de se retrouver libre et sans entrave.

– Je pense à ton père !

## Chapitre 32.   Rue du Grand Chemin, Roubaix

Le Petit Journal du 22 décembre 1917.

*«Le capitaine De La Tour tué dans un accident d'avion, l'escadrille dite des Cigognes[39] a perdu l'un de ses plus brillants aviateurs. Il était officier de la Légion d'Honneur... »*

— Elles sont bien arrivées à Paris, J'ai eu des nouvelles par ma sœur qui les a prises en charge et les a logées.

— Alors tout s'est bien terminé. Reste le père, j'ai eu de ses nouvelles par l'intermédiaire d'un officier allemand.

Martineau garda le silence, puis poursuivit.

— Je vais faire le nécessaire pour qu'il puisse s'évader, puis être pris en charge pour se rendre à Paris. Julien je vous tiendrai informé de la date probable, d'un lieu de rendez-vous, cela sera très certainement une gare, vous pourrez ainsi communiquer ces éléments à votre sœur pour que Suzanne et sa mère soient présentes le jour donné. Et vous Monsieur l'abbé, vous avez des nouvelles de nos petits protégés ?

Eugène Morin restait surpris du caractère et du personnage de Martineau. Il ne le connaissait que par les rumeurs qui s'étaient propagées sur sa collaboration avec l'occupant. Mais il avait aussi entendu les commentaires élogieux de ses

---

[39] Escadrille de combat n° 12, c'est la plus célèbre unité aéronautique de l'armée française. Les ailes étaient ornées d'une cigogne.

fidèles qui le décrivaient comme un homme certes brutal, mais généreux et prodigue pour ses semblables. Il était maintes fois intervenu pour venir au secours des plus démunis et des malades. À cet instant précis, il était surpris de la politesse et de la retenue de cet homme devant sa fonction, donc face à la religion. Il l'avait cru athée, mais non, on le voyait d'ailleurs souvent aux offices de l'église Saint-Martin. Et contrairement à ce que l'on aurait pu penser, il ne venait pas à la grand-messe du dimanche, mais bien à celles du petit matin, célébré dans la chapelle.

– Non, pas de nouvelles complémentaires depuis une semaine. Henri a été blessé gravement à la tête, mais les soins prodigués par Valentine semblent avoir eu de l'effet et il va mieux. Elle prend sa détention avec courage et possède la conviction inébranlable de s'en sortir, d'après les dires de mon paroissien, qui a été libéré depuis peu.

– Ce n'est pas seulement les soins qui ont sauvé Henri, l'abbé, mais aussi l'amour de ces deux-là.

Eugène Morin sourit, pas seulement par la remarque de son ami Julien, mais aussi par le mot employait couramment à son égard : « l'abbé ». Ce n'était pas une marque d'irrespect, mais bien une manifestation de sympathie, presque de respect de Julien envers lui. Il avait devant lui les deux hommes que tout réunissait, et pourtant que tout opposait, unis cependant dans leur volonté de faire le bien autour d'eux, en gardant toutefois, et chacun à sa manière, leurs propres règles de conduite et de loi. Ils étaient malgré leurs défauts, les êtres les plus charitables qu'il ait connus, finalement les voies du Seigneur étaient bien des méandres inconnus.

— Comment les sortir de là ?

— C'est plus compliqué que pour le père de Suzanne. Ils sont surveillés en permanence, eux aussi, mais la ligne de front est plus proche, on tire sans sommation. Ils sont deux, je n'ai pas de contact dans le village, ni des autorités françaises, ni des Allemands, c'est un régiment de la garde impériale qui y cantonne en réserve du front. Croyez-moi, ce ne sont ni des enfants de chœur ni des tendres.

— Alors il ne reste qu'une seule solution !

— Julien, non, c'est trop dangereux !

— L'abbé, vous venez en aide à vos fidèles tous les jours en bravant les autorités, vous faites de la résistance, écoutez les radios alliées, écrivez dans un journal interdit, participez à des filières d'évasion, et vous trouvez que je vis dangereusement !

— Il a raison, Monsieur l'abbé, c'est le seul moyen de les sortir de cet enfer. Je vais vous aider pour parvenir jusqu'au camp avec un homme qui connaît la région et cette bourgade de Plomion. Ensuite, une fois sur place, vous devez vous débrouiller. Je vais vous indiquer comment rejoindre la zone non occupée, c'est trop dangereux pour eux de revenir à Roubaix.

– Très bien, je vais avant de partir, faire parvenir un message à ma sœur, pour qu'elle trouve un logement pour eux où ils logeront avec Suzanne et sa mère, il me semble qu'elle m'a précisé que l'habitation était assez grande pour une famille.

– Comment a-t-elle fait ?

– Elle fait des travaux de couture et parmi ses clients, une dame est mariée avec un employé du ministère de l'intérieur en charge des réfugiés. Ils ont réquisitionné des logements vacants pour les attribuer à tous ceux qui ont fui ou qui ont été expulsés de la zone envahie.

– Vous risquez la mort, Julien ! Je pense que vous en êtes conscient.

– Oui, Monsieur Martineau, mais je ne vais pas les abandonner.

## Chapitre 33.   Plomion, département de l'Aisne

Le Petit Parisien du 30 janvier 1918.

*«Il y avait 200 000 grévistes, hier à Berlin. Lentement, les nouvelles percent et se précisent sur l'agitation en Allemagne. La semaine dernière, on ne parlait que d'échauffourées dans les villes… »*

— Bon, je vous conduis jusqu'au bord du village. Si on nous pose des questions lors d'un contrôle, je dirai que vous êtes mon cousin. Vous habitez à Clairfontaine, un hameau à trente kilomètres d'ici. Ne parlez pas, avec votre accent, on comprendrait que vous n'êtes pas de la région. Vous avez été blessé à la guerre, au début, en 14. Vous ne pouvez plus parler depuis. Je dirai que vous venez m'aider pour déblayer les champs de la neige, et planter quelques semences. Vous verrez, arrivé au village, vous traversez la place et continuez en direction de la colline. La ferme d'Albert, celui qui les loge, se trouve un peu à l'écart, à environ 500 mètres du bourg. Si on vous interroge, exprimez-vous par geste. Désolé, mais je devrai vous abandonner à l'entrée du bourg, ce n'est pas par peur, mais à deux on va se faire remarquer, et moi on me connaît, on va me demander ce que je fais dans le coin, alors que je devrai être dans ma ferme, à Vervins.

– Ne vous inquiétez pas, je saurai me débrouiller. Merci de m'avoir aidé jusqu'ici.

– Ce n'est pas fini, Julien, le chemin du retour ne sera pas de tout repos. Je vous attendrai là, près de ce chêne. Que les gosses baissent la tête, ils doivent se déplacer avec une scie ou tout autre outil sur l'épaule, comme s'ils se rendaient dans la forêt avec nous pour travailler. Si on nous arrête, je dirai que l'on m'a attribué des déportés pour couper du bois de chauffage pour les troupes. Ils sont beaucoup moins vigilants actuellement, ils doivent sentir la fin de la guerre. Ils n'iront pas vérifier, enfin je l'espère.

– Merci Gaston, si cela tourne mal, partez tout de suite.

Je pris la direction des maisons que j'apercevais au loin dans la brume de ce mois de janvier. Il faisait froid, le gel avait envahi la région. Je marchais en essayant d'être le plus tranquille possible. Je n'avais pas de plan bien défini, et je n'avais pas pu les prévenir. J'espérais que l'effet de surprise de me trouver devant eux ne les pousserait pas à crier. Ce que je craignais le plus, c'était la réaction de ce paysan qui les logeait.

– Julien !

Je mis tout de suite la main sur la bouche de Valentine, couvrant le bas de son visage, je ne vis que ses grands yeux écarquillés. Elle avait ouvert la porte, après avoir entendu mes coups. Elle avait changé, grandi bien sûr, mais elle avait quitté cette physionomie enfantine et était devenue une femme, et une belle femme. J'apercevais au fond de la pièce le paysan dénommé Albert, l'air inquiet. À ses côtés, amaigri et pâle, mon Henri qui avait perdu de sa superbe, l'air malade.

– Ne crie pas ! Valentine, s'il te plaît, laisse-moi entrer !

– Oh, oui, pardon !

Je pénétrais dans la pièce, Valentine de suite raconta en peu de mots qui j'étais et ce que je représentais pour elle et Henri. Rassuré, Albert me serra la main. Ses yeux me permettaient de comprendre que j'avais affaire à un brave homme.

– Je suis venu vous chercher, vous ne pouvez rester ici, la guerre va se finir dans quelques mois, et le front se déplace dans votre direction, avec tous les dangers que cela représente. On ne sait jamais ce que vont faire les troupes allemandes lors du repli, ils peuvent très bien pratiquer la technique de la « terre brûlée » et tout détruire. Il faut partir, la vie des otages et travailleurs forcés que vous êtes ne va pas peser lourd.

– Henri est encore malade et faible, il va supporter difficilement le voyage.

Cela représentait une difficulté supplémentaire, importante, il fallait qu'il soit aidé.

— Albert, je sais qui vous êtes, et je sais que vous n'avez plus de famille. Je sais aussi ce que représente pour vous cette terre, celle de votre famille. Venez avec nous, ce que je viens de dire sur ce qui pourrait se passer est valable pour vous aussi. Ils vous ont déjà tout pris, ils peuvent tout détruire, enfin le peu qui vous reste. Nous partons vers Paris, vers la zone non envahie, ma sœur va vous trouver un logement, vous serez bien accueilli, et en route vous vous occuperez d'Henri, vous l'aiderez.

— Acceptez père Albert, on se quittera plus.

Henri hocha de la tête, en accord avec ce que venait de dire Valentine.

— J'ai toujours voulu voyager, c'est l'occasion.

Ainsi, la guerre venait de décider du changement profond que cet homme allait connaître, il était devenu l'un des millions de réfugiés que ce conflit avait provoqué.

— Valentine, Henri ne vous inquiétez pas pour votre famille, ils sont à l'abri, protégés et ils m'ont chargé de vous dire de partir et de ne revenir les voir que lorsque tout sera fini. Ils vous embrassent. Venez, il faut se dépêcher. Allez chercher des outils, scies et pelles que vous porterez sur l'épaule comme si vous alliez travailler. Henri, cela va être difficile, mais il faut que tu fasses un effort, notre sécurité et celle de Valentine en dépendent.

Je savais que ces quelques mots lui permettraient de réagir, au moins pour quelques minutes, le temps de sortir du village et de pouvoir l'aider par la suite. Quelques instants plus tard, on traversait le village, sous les regards surpris des habitants et indifférents des occupants.

Gaston ne fit aucune remarque lors de notre arrivée à la lisière du bois.

– En route, suivez-moi ! Et si je m'allonge à terre, faite de même immédiatement, j'aurai flairé une patrouille.

## Chapitre 34.   Rue de Charonne, Paris.

Le Petit Parisien du 15 février 1918.

*«En Champagne, dans un large coup de main, les batteries américaines ont prêté un appui très efficace. Nos troupes ont occupé et organisé les terrains conquis au cours de cette journée... »*

– Ce fut un moment difficile, mais grâce à Julien, on s'en est sorti !

Je me sentais mieux, beaucoup mieux, les soins, mon âge et une nouvelle vision de mon avenir m'avaient permis de me sortir de ce moment difficile que j'avais connu. J'avais encore des trous noirs dans ma mémoire. Ce dont je me souvenais parfaitement, c'était avant l'explosion de l'obus. Mon compagnon de travail m'avait dit que celui-ci était tombé à quelques mètres de l'endroit où je me trouvais. C'était un vrai miracle si je n'étais pas parti en bouilli dans les airs. Ce qui m'avait semble-t-il sauvé, c'est qu'à ce moment-là, je m'étais baissé, mais pour quoi faire ? Je ne me souvenais plus. On devait creuser et étayer leurs tranchées, travaillant à découvert alors que les balles sifflaient et les bombes explosaient. Beaucoup de brassards rouges étaient morts dans les mêmes conditions. Le cimetière de Plomion en était rempli. Ce jour-là, les tirs des canons étaient continus, assourdissants. On entendait très proches, le sifflement des projectiles, et le fracas des explosions. On devait continuer à travailler sous la garde des sentinelles, planquées du mieux qu'ils pouvaient, mais assez proches pour nous tirer dessus, si l'on s'enfuyait. Deux de mes compagnons étaient morts sous leurs tirs. Il fallait continuer. Et puis, plus rien, le vide ! Je m'étais réveillé dans une pièce où des cheveux de fille me caressaient les joues. Ensuite, je reconnus Valentine, je n'étais pas mort, mais je me demandais ce que je faisais là. Je reconnus ensuite la demeure d'Albert. Après, j'avais sombré dans un sommeil peuplé de cauchemars, de douleurs, et de réveils plus ou moins conscients. Albert m'avait tout expliqué par la suite. J'étais resté ainsi durant plusieurs jours. Valentine m'avait soigné, pansé et lavé. Quand, il me précisa cela, je dus rougir fortement, car il me regarda un peu amusé. Au moment où Julien arriva dans la ferme, j'allais mieux, j'étais plus conscient, mais je me sentais encore très faible. Le voyage ne fut pas des plus plaisants, mais bizarrement je me sentais mieux de jour en jour. À la fin, juste avant d'entrer dans la région de Paris avec ses nombreux villages, bourgs, et villes, je marchais presque comme les autres, ne les retardant plus. Nous avions mis six jours pour rejoindre la capitale.

– Nous avons eu de la chance le jour de notre rencontre avec cette patrouille.

Julien décrivait à nos amis, l'incident qui avait failli nous arrêter définitivement dans notre « excursion ». C'était le quatrième jour, des silhouettes fantomatiques s'étaient dressées devant nous avec leurs fusils pointés sur nos poitrines, et l'un d'entre eux avait épaulé, prêt à tirer, quand Julien avait crié « Français, nous sommes Français, réfugiés, évadés, ne tirez pas ! ». Ils avaient baissé leurs fusils, à cet instant, j'avais vu que leurs uniformes n'étaient pas comme nos occupants. Bizarrement, il ne m'inspirait rien, casques ronds, uniformes bleu horizon, brodequins courts.

– Bras en l'air ! Dites-nous d'où vous venez et ce que vous faites ici !

À leurs mots, je compris que c'était des soldats français, mais leur uniforme n'avait plus rien à voir avec ce dont je me souvenais, képis, pantalons rouges et brodequins montants.

– On va vous accompagner jusqu'à l'officier de la compagnie, vous lui expliquerez.

Voilà, nous étions maintenant accompagnés par ces soldats. Après nos explications auprès de leur officier, nous fûmes escortés jusqu'au bourg de Chambry. Celui-ci, occupé un court moment par les Allemands lors de la bataille de l'Ourcq en septembre 14, était depuis trois ans à l'arrière du front. La vie était difficile, mais les habitants accueillaient régulièrement des réfugiés, évadés de la zone occupée, et qui traversaient le bourg pour se rendre à Paris.

– On va vous héberger. Vous pouvez vous reposer dans notre village, le temps que vous voulez. Heureusement, nous avons prévu ce qu'il faut pour les réfugiés, espérons que cette guerre sera bientôt finie.

L'homme qui nous parlait était le maire du village, Louis Bonnet[40].

– Quand je fus élu en 1912, je ne pensais pas avoir autant de travail à occuper mes fonctions. Mes amis, ma famille m'avait dit que c'était un titre honorifique, le village ne comptant pas beaucoup d'habitants, et que je pourrais continuer mon travail d'agriculteur, tout en célébrant quelques mariages. Mais depuis 14, avec la bataille de l'Ourcq, en septembre de cette année-là et maintenant avec les réfugiés, ce n'est pas de tout repos, mais bon, on se débrouille.

Le lendemain, nous repartions vers Paris avec un sauf-conduit signé du maire, faisant état de notre condition de réfugiés avec les détails sur notre identité. Un vrai sésame pour voyager et répondre à toutes les questions de la

---

[40] Il fut maire du village durant de nombreuses années. Le cimetière national de Chambry accueille 1334 corps des soldats morts pour la France durant la bataille de l'Ourcq.

gendarmerie, qui contrôlait régulièrement les personnes, en recherche des déserteurs, et des pillards de tous bords qui profitaient de l'état d'abandon des demeures.

Nous étions aux portes de Paris, moi qui n'avais jamais voyagé au-delà d'un rayon de quelques kilomètres de ma ville, j'étais fasciné par ce que je voyais. Non seulement, les paysages étaient différents, mais les habitations et les habits. Moi qui pensais qu'en France, tout était à l'image de ma région natale, la surprise était réelle. Le lendemain, nous arrivions sur Paris, par la porte des Lilas. Julien nous indiqua qu'il fallait poursuivre notre route en contournant les abords de la ville et ensuite pour atteindre la porte de Charenton. Il m'expliqua la signification des noms des « portes ». Il nous indiqua que sa sœur Léontine habitait près de la gare de Bercy. Comme il ne connaissait pas l'endroit, il préférait remonter toute la rue de Charenton, à partir de la porte et poursuivre jusqu'au numéro indiqué dans les correspondances, et situé au croisement avec la rue du Congo.

Arrivés devant le numéro indiqué, nous nous trouvions devant un immeuble de plusieurs étages. La concierge nous détailla des pieds à la tête, et devant notre aspect misérable et fatigué, ne put s'empêcher de nous apostropher.

– Que voulez-vous ? C'est un immeuble honnête ici, pas de mendiants ni de réfugiés, rien à louer.

– Je cherche Léontine Coutelier, c'est ma sœur, je viens lui rendre visite, elle nous attend.

– Ah, désolé, je ne pouvais pas savoir, c'est au troisième étage, à gauche sur le palier. Je l'ai vue rentrer tantôt, elle doit y être.

Nous montâmes les escaliers, j'imaginais la fébrilité de Julien, plus de trois ans qu'il ne l'avait pas revu. Il nous avait expliqué qu'elle était mariée avec Jules Courbet, un fonctionnaire de la Banque de France, qui juste avant la déclaration de guerre, avait accepté un poste à Paris au siège, rue Croix des Petits Champs. Son salaire avait permis à Léontine d'élever les deux petites filles qu'ils avaient, tout en faisant quelques travaux de couture.

La porte s'ouvrit, et une femme très jolie, dont le regard noir ressemblait bien à celui de mon ami, ouvrit. Ils se précipitèrent dans les bras l'un de l'autre. Un peu gêné, on s'était détourné, reculant de quelques pas.

– Rentrez, vous devez être épuisés ! Je vous attendais, un ami à vous, un prêtre m'avait prévenu du succès de votre fuite et de votre arrivée prochaine. J'ai tellement de questions à te poser, et tellement de temps à rattraper depuis notre séparation. Mais je parle trop, entrez et faites comme chez vous, je vais vous préparer de quoi manger, ce n'est pas toujours facile de s'approvisionner, mais on y arrive.

– Voici mes protégés, Valentine et Henri. Et aussi Albert qui les hébergeait dans l'Aisne et les a beaucoup aidés. Il est sans famille et nous a accompagnés pour nous aider, cela fera une personne de plus à loger, j'en suis désolé.

– Ne t'inquiète donc pas. Grâce à Jules et ses relations, le ministère nous a octroyé le logement sur le même palier qui était vide de ses occupants. À l'automne 14, devant l'avancée allemande, les propriétaires ont fui dans le Sud-Ouest, et ne sont pas revenus. Leur logement, comme beaucoup d'autres, a été réquisitionné. Toi, tu logeras ici, nous avons une chambre de libre. Valentine ira rejoindre Suzanne et sa mère, la chambre est spacieuse. Henri et Albert coucheront dans la seconde chambre du logement. Nous prendrons nos repas ensemble.

– Suzanne est ici, dans l'immeuble ?

– Oui, mais que se passe-t-il, tu es tout pâle !

## Chapitre 35.   Rue de Charonne, Paris.

Le Radical du 28 février 1918.

*«Échec Allemand dans la région de Morlancourt. Nos patrouilles opérant au Nord de Courcy et à l'ouest de la Meuse, ont fait des prisonniers. Rien à signaler sur le reste du front... »*

– Tu es sûr de vouloir repartir, Julien !

– Oui, je le dois, je ne peux laisser mes affaires à l'abandon.

– Ridicule, tu es en train de fuir. Tu la regardes avec tant d'amour, et elle n'est pas indifférente à toi. Simplement, elle n'ose pas briser son deuil, et t'aimer, pensant sans doute que son ancien mari mourra une seconde fois. Il faut que tu lui laisses encore un peu de temps, mais non de non, il faut te déclarer et lui dire ce que tu ressens pour elle. Même si elle le devine, les mots sont importants et lui permettront de prendre une décision. Toi, qui irais en enfer pour sauver ceux que tu aimes, tu manques singulièrement de courage dans cette situation.

Je regardais mon frère, décidément, il avait toujours l'air petit garçon devant moi. J'étais née deux ans avant lui, on avait été séparé, mais avant la mort de nos parents, toute petite, je m'étais occupée de lui. J'avais six ans quand ils furent tués dans l'explosion de la machine à feu[41] de leur usine textile à Roubaix. On m'avait raconté que mon père, mécanicien dans l'usine, était intervenu pour vérifier, un bruit anormal qui se produisait lorsqu'elle était en fonction. Ce jour-là, ma mère était venue dans l'atelier pour lui apporter sa gamelle, il était presque midi. Ils étaient tout proches, quand la machine a explosé. Il y eut beaucoup de blessés, mais eux étaient morts. On nous plaça chez une tante de mon père, sans enfants et qui eut beaucoup de difficultés à nous élever, pourtant elle faisait de son mieux. Elle mourut de tuberculose, un an après nous avoir recueillis. On nous plaça alors dans un orphelinat.

— Fuir, non, il faut que je retourne m'occuper de mes affaires, et surtout des personnes dont je m'occupe. La vie doit être encore plus difficile, maintenant. Pour Suzanne, attendons la fin de cette guerre, nous verrons bien. Je pars tout de suite, dis-lui…Dis-lui que je…

— Inutile de le dire, Julien, je crois deviner ce que tu vas me dire. Oui aujourd'hui, j'ai le courage de te tutoyer.

Elle était rentrée dans la pièce, mais on ne l'entendait jamais arriver.

— Depuis que mon père est revenu il y a une semaine, je me sens différente, mais également déchargée d'un énorme

[41] Machine à vapeur.

poids. Ma mère est de nouveau heureuse, et je ne dois plus veiller sur elle, comme je le faisais auparavant. S'il est libre, c'est grâce à toi, et de nouveau je te remercie de tout cœur. Depuis quelques jours, j'ai enfin compris que je ne devais plus vivre avec un fantôme. Ce n'est pas très moral ce que je vais dire, mais je ne veux pas me sacrifier toute ma vie, cela serait trop bête, alors oui, je t'aime, alors oui je veux vivre avec toi, alors oui je veux être ta femme… si tu le veux bien.

**Chapitre 36.   Rue des Longues Haies, Roubaix.**

Le Petit Parisien du 15 mai 1918.

*«Lors d'un récent combat aérien, auquel ont pris part nos avions, l'un d'entre eux piloté par Jean Schneider[42] eut son appareil transpercé par les balles ennemies... »*

J'étais rentré depuis deux mois. Après la déclaration de Suzanne, notre mariage et nos quelques jours de vacances, il avait fallu que je rentre. Je ne pouvais pas abandonner mes amis, et mon combat.

– Julien, tu es marié, je n'arrive pas à y croire ! À l'église j'espère !

– L'abbé, tu pousses le bouchon un peu loin. Nous sommes mariés à la mairie, mais si cela peut te faire plaisir, à la fin de cette guerre, je voudrais que tu puisses bénir notre mariage, venant de toi, cela ne me dérange pas.

– Voici Martineau.

– Les amis, je pars, et pas en voyage cette fois-ci. Je rejoins Paris avant la défaite des Prussiens et la victoire alliée.

---

[42] L'un des fils de l'industriel Schneider fut tué le 23 février 1918. Jean fut tué le 23 mai 1940 lors d'une mission et sauva ainsi son ami Antoine de Saint-Exupéry. Le fait sera raconté dans son livre « Pilote de guerre », paru en 1942.

– Vous n'avez rien à craindre, on pourra témoigner de votre participation à notre réseau de résistance.

– Oui, Julien, mais vous ne pourrez me défendre sur la déclaration que feront les Lepur père et fils, sur ma participation à un détournement de fonds et de chantage. Je viens de l'apprendre de mon ami Edmond Alouette, il a entendu le frère aîné des Lepur, Marcel en parler au cercle. Je serai donc arrêté, à coup sûr.

– Mais, pour cela, il va devoir avouer qu'il a dénoncé le comité Wibaux !

– La famille va témoigner pour Vincent Lepur, indiquant qu'il n'a jamais dénoncé qui que ce soit. Ils ont déjà indiqué aux autres industriels présents lors de cette rafle, qu'il vaudrait mieux se taire, car si l'on déballe le linge sale, ils ne seront pas les seuls à devoir faire fonctionner les lessiveuses pour tout nettoyer.

– Que peut-on faire ?

– Rien, Monsieur l'abbé, je suis content de vous avoir rencontré, je pars sur Paris, refaire des affaires et changer de vie.

– Mais, vous semblez croire que la paix est toute proche !

– Elle l'est ! L'état-major allemand négocie en secret avec le commandement allié, et sans que leur Empereur le sache. Ils ne tiennent pas à être entraînés dans sa chute. Ils vont l'obliger à abdiquer et à partir se réfugier dans un pays neutre. Désormais, il semblerait que le chancelier allemand dépendra du parlement, le Reichstag, et non plus de l'empereur. C'est d'ailleurs, leur général en chef, Ludendorff qui est à la manœuvre. L'arme nouvelle que sont les chars fait pencher la balance en faveur des troupes alliées. L'offensive massive qu'il a lancée en mars est un échec, c'était la dernière tentative de l'armée allemande pour essayer de gagner la guerre. Ils ont échoué. Ils ont perdu un million d'hommes depuis le début de l'année, leurs troupes d'élite sont décimées, la fin est proche. Désormais, il négocie avec Wilson, le Premier ministre anglais.

– L'armistice est donc pour bientôt !

– Il faudra encore un peu de temps, d'après les informations que j'ai. Notre ami Clemenceau veut une capitulation totale. J'ai un service à vous demander Julien, on ne sait jamais ce qui pourrait m'arriver. Je vais vous donner les coordonnées de l'officier allemand Hans Schilling, il connaissait tous les trafics des industriels, il pourrait témoigner pour moi, si jamais…et puis, je crois que notre ami Lepur prépare un coup tordu pour effacer complètement ses dénonciations, et paraître blanc comme neige, il faudrait vous renseigner.

– Lequel ?

– Il va mourir.

### **Chapitre 37.   Boulevard de Lille, Roubaix.**

Le Petit Parisien du 18 octobre 1918.

*«Lille, Douai, Ostende délivrés, les Anglais aux portes de Tourcoing, l'ennemi obligé d'évacuer, bat en retraite sur Gand, Audenarde et Tournai. ... »*

– C'est fini. Je vais pouvoir reprendre la parution du journal. Quatre ans que j'attends ce moment, après toutes ces difficultés et ces horreurs.

– On vous doit beaucoup Madame Reboux.

– Non, Julien, c'est à vous que je dois de continuer à vivre, c'est vous qui m'avez aidée, et si vous n'étiez pas venu, il y a près de quatre ans avec votre ami prêtre, Eugène, je pense que je serai morte. Je n'aurai pas eu la force de résister au chagrin d'avoir perdu ma petite. C'est vous qui m'avez soutenue. C'est vous qui avez partagé ma peine et ma douleur, et en m'écoutant, vous l'avez, non pas fait disparaître, mais atténuée pour la rendre supportable à vivre. Vous m'avez aussi donné de nouveau l'envie de me battre et de décrire plus tard dans le journal, les horreurs que nous avons connus.

– L'instant est venu.

Je l'écoutais tout en pensant ce qu'il fallait titrer dès la parution du premier numéro de mon journal. J'avais depuis une semaine, battu le rappel de tous ceux qui restaient, journalistes, rédacteurs, typographes, vendeurs, secrétaires, coursiers. Ils devaient se tenir prêts. Ils avaient commencé à écrire, à réparer les outils de travail, à nettoyer les locaux, à trouver le matériel nécessaire. De nouveau Julien m'avait aidé. De nouveau, il m'épaulait à reconstruire pour publier le plus vite possible. Il fallait parler des destructions. Ils avaient avant de partir, non contents de piller les personnes et les entreprises, tout détruit, les constructions, la gare, les ponts, les usines. Tout avait sauté. Frey, le secrétaire général de la mairie m'avait raconté, il avait voulu que je publie ce qui s'était passé ces derniers mois, ces derniers jours de l'occupation. Un ordre avait émané de l'état-major de la 5e armée de Gand. Une « commission de destruction des utilités industrielles » avait été créée. Elle devait dans ses attributions procéder à l'enlèvement des usines, avec l'aide de prisonniers russes. Ils devaient tout prendre, tout ce qui, de près ou de loin pouvait favoriser la reprise du travail dans nos usines. Ils voulaient que le relèvement des usines et des entreprises pillées ne se fassent jamais. Tout le bétail qui restait fut emmené par convoi en Allemagne. On avait enlevé les rails des tramways, Les motrices avaient été détruites. Ils avaient même détruit les conduites d'eau, les passerelles des canaux, les grues, les moulins. Le charbon avait disparu. Tout était à reconstruire, tout.

– Anne-Marie, vous devez aussi parler des déportations de masse de début septembre.

Julien m'avait tirée de ma rêverie. Il avait raison, le 3 septembre dernier, ils avaient déporté sur Valenciennes tous les hommes de la ville de 17 à 50 ans. Dix milles de nos compatriotes avaient « disparu » de notre cité. Ils étaient revenus petit à petit, au fur et à mesure de l'avancée des Anglais, mais pas tous.

– Oui, Julien et je vais aussi parler de leurs cambriolages de ces derniers jours.

– Que s'est-il passé ?

– Frey m'a raconté. Le 16 octobre, il y a deux jours, des officiers allemands se sont présentés à la mairie pour se faire remettre une « contribution » de 600.000 francs. Thorin, le premier adjoint a refusé. Ils ont, sous la menace, fait ouvrir la caisse municipale et ont retiré tout l'argent, soit un peu plus de 400.000 francs. On m'a précisé que la même chose s'est produite dans les mairies de Tourcoing et de Wattrelos.

– Il faut faire venir les journalistes parisiens qu'ils puissent témoigner dans leurs articles, cela devrait avoir un retentissement plus important.

– Vous avez raison, je vais m'en occuper. Mais je n'oublierai jamais, Julien. Il faut qu'ils payent ce qu'ils nous ont fait.

# Journal de Roubaix

Soixante-troisième année N° 7. — Administration, 71, Grande-Rue, à Roubaix — VENDREDI 25 OCTOBRE 1918

**10** CENTIMES LE NUMÉRO | Bureaux et Rédaction : ROUBAIX, Grande-Rue, 71 ; TOURCOING, 31, rue Carnot | Les Annonces sont reçues aux Bureaux du journal

## Comuniqués Officiels

### Officiel français :

Paris, 25 Octobre, 1918. Minuit.

[Texte en grande partie illisible.]

### Officiel américain :

25 Octobre, 15 heures.

SUR LE FRONT DE BATAILLE AU NORD DE VERDUN, [...]

À L'OUEST DE LA MEUSE, [...]

### Officiel britannique :

25 Octobre.

[Texte en grande partie illisible.]

### LA GUERRE AÉRIENNE

Nos alliés bombardent Metz et Kaiserslautern

Londres, 25 octobre.

---

Hommage de Georges V au maréchal Foch

Londres, 25 octobre. [...]

---

"Nous sommes seuls" dit Harden

---

L'Allemagne doit capituler sans conditions

Washington, 25 [...]

LE 9e EMPRUNT ALLEMAND

---



## Le Pillage et la Distruction de nos Cités industrielles Roubaix et Tourcoing

### Le pillage à Roubaix

### Une "Organisme de distruction"

### Réquisitions et vols

### Le martyre de Tourcoing

---

## L'évacuation de Bruxelles

Amsterdam, 25 octobre. [...]

## Chapitre 38.   Palais de justice, Paris

Le Petit Parisien du 19 février 1919.

*«Le ministre des Finances a rapporté dans ses déclarations, hier, que l'Allemagne s'acquittera de sa dette intégrale vis-à-vis de la France qu'elle a pillée, volée et dévastée. … »*

– Merci d'être venu Julien. Je n'en attendais pas moins de vous.

Il me semblait aussi combatif que par le passé. Je voyais qu'une énergie nouvelle l'habitait. Certainement la rage de se voir accuser à tort par des personnes qu'il méprisait profondément.

– C'est normal. Monsieur Martineau, je ne vous cache pas que c'est difficile, vous êtes jugé pour trahison par l'autorité militaire, en l'occurrence, le conseil de guerre de Paris, sans mon passé de résistant, et sans l'aide de l'abbé et de Wibaux, je n'aurais jamais obtenu un droit de visite.

– René Wibaux est informé ?

– Oui, et il vous défend. Il n'est pas dupe de l'attitude des Lepur, et surtout il sait qu'il doit sa déportation dans le camp de Holzminden, à cette famille. Il vous défendra. On avait perdu votre trace depuis votre départ de la ville, c'est l'annonce de votre arrestation dans les journaux qui nous a permis de vous retrouver.

– C'était inutile de vous alerter, je pensais que l'affaire ne serait pas mise sur la place publique, mais c'était sans compter sur la rancune de Vincent Lepur. Il a déposé plainte au parquet de Lille, dès novembre 1918. Ensuite le mandat d'amener a été délivré rapidement et j'ai été arrêté à mon domicile parisien. Le dossier est instruit par le capitaine Chagrineau, un militaire borné, il porte bien son nom. Mais j'ai contre attaqué, j'ai dénoncé les Lepur pour « intelligence avec l'ennemi ». Ils ont interrogé Ernest Lepur, l'oncle, et le jeune Marcel Lepur.

– Vous aviez raison, notre Vincent est mort !

– Vous l'avez retrouvé ?

– Oui, il est parti sous un faux nom dans un petit village de l'Oise, sous le nom de Deborgraf. C'est le nom de sa mère, et son nom de naissance. Le père Lepur n'a reconnu le fils que bien plus tard. Officiellement, il est mort le 12 décembre de l'année dernière, quelques semaines après la libération de notre ville. C'était facile de disparaître avec la situation et les problèmes que causait la reconstruction de la région, et les problèmes d'état civil.

– Dans l'Oise, vous dites ?

– Oui, un petit village, nommé Bouchain. Il va certainement reprendre ses activités textiles aux abords de ce bourg, dont il deviendra, sans nul doute, le bienfaiteur. L'argent de son paquet d'actions dans la Lanière de Roubaix le lui permettra. C'est grâce à ses démarches d'achat de matériel, que j'ai pu retrouver sa trace.

– En attendant, Ernest, l'aîné, collabore avec la justice militaire, car lui, il n'a rien à se reprocher. Il a précisé que son frère lui avait expliqué avoir dénoncé une cinquantaine de personnes pour sauver son fils. Quant à celui-ci, il écopera d'une peine légère, il était mineur aux moments des faits, et il a dit avoir été torturé. Il ne restera que mon dossier d'inculpation pour intelligence avec l'ennemi et ma tentative de chantage auprès de la famille pour toucher une grosse somme d'argent.

– Pour celle-ci, cela sera facile pour moi et les autres de tout démonter. Pour le reste, je n'ai toujours pas retrouvé l'officier Shilling, il semble avoir disparu. J'ai mis plusieurs détectives sur l'affaire.

– J'ai demandé à mon avocat de mettre en doute le témoignage des Lepur, car dans cette affaire, ils me chargent alors qu'on a établi qu'ils étaient eux-mêmes sous une inculpation de trahison.

– Pourquoi, un tribunal militaire ?

– Pour faire des exemples pour les futures élections. Mais je vais demander que l'affaire soit portée devant une juridiction civile, le procès sera ainsi public, je pourrais mieux me défendre.

– Vous pensez pouvoir y arriver ?

– Oh, oui ! J'ai encore quelques cartouches à tirer. Et notamment en dénonçant tous les accords et les arrangements que la plupart des gros industriels de notre région avaient passés avec les Prussiens. Les résistants comme Wibaux, n'étaient pas si nombreux. Si je dévoile le tout, cela fera mauvais effet, alors que l'on glorifie maintenant la résistance des patrons lainiers de Roubaix et de Tourcoing. J'ai gardé quelques papiers signés par certains d'entre eux pour que je négocie des contrats avec la *kommandantur* de la ville. On serait surpris de la teneur de ces accords et des sommes qu'ils ont gagné. Et puis, si l'on retrouve Shilling qui faisait partie de l'organisation des bureaux de réquisition, il pourra expliquer les mécanismes et citer les noms. Dès que vous retrouverez son adresse, je demanderai au capitaine Chagrineau de le convoquer pour qu'il puisse confirmer que tous les contrats avaient été faits sur ordre de l'armée allemande et avec l'accord de certains industriels roubaisiens, et moi comme intermédiaire et négociant, mandaté par leurs soins. Si on me juge pour « intelligence avec l'ennemi » et « forfaiture », je ne serai pas le seul sur le banc des accusés.

– Bien, je pars dans l'Oise, rendre une petite visite à notre ami, et trouver un accord pour qu'il retire sa plainte.

– Il risque de vous rire au nez, Julien !

C'était à mon tour de l'aider et de tout faire pour le sortir de ce mauvais pas.

– Non, Léon, je ne crois pas. J'ai moi aussi, quelques cartouches en réserve.

**Chapitre 39.   Bouchain, Oise.**

Le Petit Parisien du 26 mars 1919.

*«Les dommages de guerre devant le Sénat. On a signalé aussi la situation particulière des mines du Nord et du Pas de Calais, qui ont été noyées par l'ennemi.... »*

– Monsieur, un journaliste vous demande.

– Je ne reçois personne !

– Je pense que vous allez me recevoir, Monsieur Vincent Lepur, mais devrai-je dire Vincent Deborgraf. Laissez-nous ! Je pense que votre patron n'a plus besoin de vos services.

Il me semblait plus petit et plus voûté que les photos que j'avais pu voir de lui dans la presse, ces dernières années. Il me paraissait affaibli.

– Que voulez-vous ?

– Je suis journaliste depuis pas bien longtemps au Journal de Roubaix. Mon employeur, Madame Anne-Marie Reboux m'a bien précisé de recueillir votre témoignage pour savoir pourquoi vous avez changé votre identité et pourquoi diable, avez-vous fui notre bonne ville pour vous réfugier dans ce trou perdu. Mais je suppose que la bonne marche de vos affaires supposait un repli dans la campagne environnante. On a retrouvé l'employé municipal de l'état civil qui a falsifié un acte de décès vous concernant. Vous avez le choix, soit vous retirez la plainte contre Martineau, et on vous laisse tranquille jusqu'à votre mort réelle, soit vous la laissez prospérer et vos affaires ne vont pas, quant à elles prospérer. La « une » du journal vous sera consacrée.

– J'aurai toutes les facilités du monde à démontrer le contraire, à faire saisir le journal et à vous attaquer pour diffamation.

– Vous avez raison, sauf si le cartel vous lâche.

– Quel cartel ?

– Votre syndicat des peigneurs de Laine de Roubaix-Tourcoing, constitué en 1881, alimenté par des caisses noires et qui permet de faire taire toute forme de concurrence qui ne se plie pas aux règles édictées, et dont vous faites partie sous la direction des familles lainières les plus puissantes de la région. Cette corporation vous a permis de lutter contre la concurrence anglaise et allemande, contre les négociants et les fabricants qui voulaient vous imposer des normes, contre les ouvriers enfin. Votre tontine contre les grèves vous a permis de résister aux plus dures. Mais cette association a surtout profité aux plus gros industriels dont vous faites partie, elle a permis la disparition des canards boiteux, des petits et de ceux qui ne voulaient pas se plier à vos désirs.

– C'est faux, vous affabulez !

– J'ai le témoignage du trésorier du mouvement, un brave comptable qui ne comprenait pas très bien à quoi servait l'argent qu'il récoltait des cotisations sur vos factures. Il est à la retraite et m'a tout communiqué. Sous prétexte d'un article dans le journal, il m'a donné beaucoup de précisions. Il m'a parlé de la création de la société d'assurance contre l'incendie, de la création de la banque pour avancer les fonds aux membres, de l'achat d'un journal pour constituer un groupe de pression. La suite de mon enquête m'a permis de comprendre que ce cartel a été de plus en plus brutal dans ses façons de procéder pour lutter contre la concurrence. Il a réussi à éliminer les centres rivaux comme Amiens, Douai, Avesnes et Fourmies, en achetant tous les peignages en difficulté. Plus tard, il a éliminé des usines à Roubaix même, de ceux qui ne se pliaient pas aux désirs de ses huit fabricants historiques. Pour preuve, la liquidation du peignage de l'Épeule en 1908, en pleine santé financière, et en plein essor. Vous deviez avec la liquidation de ce peignage, vous et ce cartel, montrer votre force et votre détermination auprès des « dissidents ». Après cette opération, ceux-ci sont tous rentrés dans le rang.

– Quel est le lien avec la plainte ?

– Simple, je vais aller voir les membres les plus influents de ce syndicat patronal, et leur dire que je mettrai sur la place publique leur arrangement, sauf s'ils arrivent à vous convaincre de retirer votre plainte.

– Ils vous riront au nez !

– Sauf si je leur fournis les papiers des accords qu'ils ont passés avec l'armée allemande dans la région de Roubaix-Tourcoing. Officiellement, ils résistaient, et certains furent effectivement des résistants, mais officieusement, ils collaboraient, en contrepartie de ne pas perdre leurs pouvoirs et leurs affaires. Les usines étaient pillées, mais le matériel et la matière première se rachetaient. Par contre les plans et le savoir-faire ne se vendaient pas et ne se rachetaient pas. Ils ont aussi dupé les officiers prussiens. Et maintenant, ils dupent les officiers français et même la commission d'indemnisation des ravages de guerre.

Je savais que j'avais visé juste, la seule entité que Vincent Lepur craignait était bien ce trust lainier.

– Vous avez une semaine pour faire le nécessaire.

### Chapitre 40.   Rue des Longues Haies, Roubaix

Le Rappel du 30 avril 1919. *«Cette année, pour la première fois depuis cinq ans, le muguet parisien ne sera pas envoyé dans les tranchées, le poilu est rentré et s'il ne l'est pas encore, il est au moins en sécurité. ... »*

– Julien je ne comprends plus rien à l'affaire Martineau !

Il me paraissait calme et sûr de lui. Confiant dans ce qu'il avait entrepris pour sortir Martineau de prison. Ces derniers mois lui avaient apporté une dimension et une assurance que je ne lui connaissais pas. Julien était un autre homme, et je me demandais si cette transformation était la conséquence de son mariage ou de son activité de journaliste, qu'il avait l'air de prendre très au sérieux, ou les deux à la fois.

– C'est pourtant simple, l'abbé. Je t'avais précisé que je devais retrouver l'officier Shilling, qu'il puisse corroborer les dires de notre ami pour le disculper de cette affaire d'intelligence. Comme il était parti se cacher en Rhénanie, la région occupée maintenant par nos troupes, cela a été facile de faire recueillir son témoignage par des officiers français. En l'occurrence, il a bien précisé que tous les contrats passés avec Martineau avaient été signés avec la Kommandantur et qu'il servait de prête-nom pour d'autres industriels roubaisiens. Par contre, pour calmer l'opinion publique, on laissait croire que les marchandises étaient livrées en Belgique, et non en Allemagne comme c'était le cas. Les fournitures venaient des zones libres et de pays neutres. Une lettre de Shilling fut envoyée au lieutenant Zeller, le substitut du capitaine Chagrineau. La lettre a bien été envoyée et certainement ouverte par ce dernier. Mais le lieutenant affirme maintenant qu'il n'a jamais reçu celle-ci. J'ai conseillé à Martineau de déposer plainte contre lui pour faux en écriture publique dans l'exercice de ses fonctions, ce qui l'a conduit à être jugé prochainement pour « forfaitures » par l'armée. L'affaire a fait grand bruit. Des députés ont posé des questions au ministre de la guerre, qui a ordonné une enquête. Lors de celle-ci, il a été prouvé que plusieurs pièces manquaient dans le dossier. Ce lieutenant aurait déclaré que celle-ci n'avait pas de valeur pour l'instruction.

– De quel droit, peut-il juger ?

– Du droit de celui qui a certainement été soudoyé par le cartel, pour mettre à mal la déposition de Shilling. N'ayant pas réussi à le faire, il a voulu détruire la lettre. Heureusement, Martineau m'avait demandé de me rendre à Cologne, où il résidait pour qu'il me fasse un double de la déclaration. Je l'ai remis au capitaine instructeur et j'ai envoyé une copie aux journaux parisiens. Il était impossible alors de nier la forfaiture du magistrat Zeller. Je me doutais aussi que le cartel lainier, après avoir refusé d'intervenir auprès de Lepur, essayerait d'avoir recours à d'autres moyens pour dissimuler les preuves. Si cela se dévoilait dans la presse, c'est toutes les indemnités pour les dommages de guerre qui pourraient ne pas leur être versées.

– Et la décision de la justice militaire de se dessaisir de cette affaire au profit de la justice civile ?

– Que veux-tu que l'armée fasse maintenant dans ce dossier. Elle est discréditée pour le moins. De plus, une autre affaire a éclaté. Un témoin de l'affaire vient de préciser à la presse que sa déclaration en faveur de Martineau a été faussée et déformée par l'instruction. Elle est en contradiction totale avec ce qu'elle avait déclaré. Un juge civil vient d'être nommé. Le procès se tiendra dans quelques mois. En attendant, une remise en liberté sous caution devrait être acceptée par le juge.

– As-tu des nouvelles de nos protégés ?

– Ils vont certainement rester sur Paris. Henri suit une formation d'électricien et devrait trouver du travail rapidement après sa formation. C'est un métier qui a de l'avenir. Pour Valentine, elle suit une formation de dactylographe, là aussi, elle doit trouver un travail rapidement. Ils doivent se marier pour la fin mai, ils reviendront sur Roubaix pour cette occasion.

– Je suppose que c'est toi qui payes les études.

– L'abbé, j'avais mis de côté de l'argent avec les passages que faisait notre ami en Belgique et les marchandises que l'on revendait. Je savais bien que cela servirait un jour.

– Et ton métier ?

– Il me plaît, j'ai fait les papiers pour que la famille Sidonie et Jean Voreux soient les nouveaux propriétaires de l'estaminet. Ils le tiendront correctement et moi, je pourrai me consacrer uniquement à mon nouveau métier, j'ai beaucoup de reconnaissance pour Anne-Marie Reboux de m'avoir fait confiance.

– Elle a eu raison, tes premiers articles ont eu du succès auprès des Roubaisiens, mais c'est normal, ils sentent que tu les connais et que tu peux parler de leur vie, de leur métier et de leur condition d'ouvrier.

– À ce sujet, Eugène, je souhaite écrire une série d'articles sur cette association que tu comptes créer avec d'autres.

C'était la première fois que mon ami Julien, me nommait par mon prénom, je savais que c'était une manifestation de son amitié et de sa tendresse à mon égard.

– Tu vas écrire sur le mouvement de la jeunesse ouvrière chrétienne que l'on veut créer avec l'abbé Joseph Cardjin, c'est vrai ?

– Ne sois pas surpris, ce n'est pas parce que je suis athée que je ne suis pas admiratif de ce que vous poursuivez, un idéal de dignité pour la condition ouvrière, et les luttes sociales. Les jeunes en ont besoin, sinon ils sombreront dans la violence stérile et la révolte sans idéal.

– Nous comptons rassembler à Lille des milliers de jeunes pour le mouvement fondateur d'ici deux à trois ans, mais cela demande un travail considérable d'encadrement, de formation, d'organisation.

– Un ou plusieurs articles dans le journal vous permettront d'accélérer votre projet. Et puis, après ce massacre de millions de jeunes dans les tranchées, il faut maintenant se tourner vers un autre avenir, mais pour cela il faut savoir créer de l'espoir.

ESTAMINET   A LA PLANCHE
A HERBAU   TROUÉE
41

### Chapitre 41.  Palais de Justice, Paris

Le Radical du 15 mai 1920.

*«Ce matin, au lever du jour, seront fusillés à Vincennes, quatre dénonciateurs, condamnés à mort par arrêt du conseil de guerre en date du 28 juillet 1919. ... »*

– Messieurs la cour !

Je regardais la salle immense qui servait aujourd'hui pour ce procès hors norme de Léon Martineau. C'était la première affaire que je couvrais en tant que journaliste. Il avait été libéré sous caution l'année dernière, et libre, il avait pu mieux organiser sa défense. Un an s'était passé avec les rebondissements tant commentés dans la presse. L'affaire avait même fait les manchettes de la presse internationale. L'abandon des poursuites de la famille Lepur à l'encontre de Martineau aurait dû clôturer le dossier d'instruction, puisqu'il n'y avait plus de plainte, mais le juge en avait décidé autrement. Il est vrai qu'il avait d'abord perçu la reconnaissance, la notoriété et la réclame que cette affaire allait lui apporter. Ce monsieur Glorieux, petit juge venant de sa province natale du Loir-et-Cher, nommé à Paris y voyait l'occasion de se faire un nom.

La veille fut une journée favorable à la défense. De nombreux témoignages avaient décrit un homme charitable et loyal. Deux experts comptables, mandatés par la cour, avaient conclu qu'il n'avait pas fait de bénéfices lors des transactions avec la *kommandantur*. Eugène Motte avait déposé en tant que patron lainier et comme résistant, pour déclarer qu'il n'y avait pas de plus loyal que l'homme assis dans ce box. Les autres déclarations avaient provoqué des applaudissements qui avaient conduit à l'évacuation de la salle.

– On a un peu embelli la vérité !

Notre abbé ne pouvait s'empêcher de ramener les commentaires à la réalité qu'il connaissait. Il était assis à mes côtés. Suzanne se tenait près de moi, avec sur la même rangée, nos amis, Valentine et Henri écoutaient avec intérêt les déclarations favorables à l'un de leurs bienfaiteurs. Anne-Marie Reboux, malgré son âge, avait tenu à faire le déplacement pour soutenir Martineau. Les parents de Suzanne, Léonie et Jules Feder étaient serrés l'un contre l'autre, comme si on ne pouvait plus ou ne devait plus les séparer. Sidonie et Jean Voreux les nouveaux propriétaires de la « Planche trouée » avaient fermé leur estaminet pour l'occasion. Ma sœur Léontine était venue même si elle ne connaissait pas cette personne que l'on accusait d'extorsion et de chantage. Alfred le paysan qui avait retrouvé une famille ne quittait plus les personnes qu'il avait découvertes, car en plus de Valentine et Henri, les Zeller l'avaient adopté comme un nouveau grand-père. Je ne saurais expliquer pourquoi je ressentais aussi la présence des absents, de ceux qui étaient morts durant ces années de douleur. Amédée Leclerc, fusillé à la citadelle, Louis Becquet, fusillé à la citadelle, Léon Turpyn, fusillé à la citadelle, et tous les autres qui étaient morts à cause de cette guerre et de ses conséquences.

Aujourd'hui était le jour des témoins de la défense, 101 de cités, la journée serait longue et les suivantes aussi. On avait commencé par décrire le comité du « secours roubaisien », qu'avait animé Léon Martineau durant les années de guerre. Surtout alimenté par des industriels, le comptable avait noté scrupuleusement toutes les sommes déposées par les donneurs, et le nom de notre ami apparaissait pour un total de plusieurs millions durant ces années.

— Peu de personnes savaient cela, me dit Suzanne.

C'était exact, même l'abbé et moi ne savions pas les sommes importantes qu'il avait versées pour venir en aide à ses concitoyens.

— Vous avez fait commerce avec l'ennemi et vous avez entretenu des relations avec lui !

Le procureur Lebourg reprenait les accusations de l'armée qui s'était déchargée sur le civil. Ce n'était pas très intelligent de sa part. L'avocat de Martineau, Maître Spriet avait repris la parole rapidement.

– Comment reprocher à mon client, des légendes. Nulle part, on trouve des preuves de trahison. Nulle part on trouve des faits, qui tendraient à prouver que la vente des matériels ait servi à l'effort de guerre allemand. Tous les témoins à charge sont devenus des témoins à décharge. Vous ne savez plus comment terminer ce procès sans ridiculiser la justice que vous représentez.

La charge était forte, mais juste. Cela devenait un spectacle de grands guignols dont les militaires, les juges et les politiques du ministère de l'Intérieur étaient les acteurs malgré eux. L'autre avocat de Martineau Maître Heisse prit à son tour la parole.

– Et puis, comment expliquer que son ancien juge militaire, le lieutenant Zeller a été jugé et condamné pour forfaiture ? Comment expliquer que Madame Lecateau, chez qui logeait l'officier Shilling durant la guerre, a accusé le juge civil d'avoir déformé les propos qu'elle avait tenus dans son bureau et sous serment. Ce Monsieur Glorieux a donc inventé la technique de faire écrire ce qu'il souhaite entendre de la part des témoins !

Le procès tournait à la foire d'empoigne, à la plus grande satisfaction du public, qui tenait faits et causes avec l'accusé depuis le début du procès.

— Ce n'est plus le procès de Martineau, me dit Henri, mais bien le procès des Lepur !

À peine avait-il prononcé le nom, que l'avocat le cita.

— Et que dire de ceux que l'on devrait juger aujourd'hui. Ceux qui ont déposé plainte contre mon client, les Lepur père et fils qui ont dénoncé un réseau de passage entre la Belgique et la Hollande. Que dire de ces faits ignobles que l'on va bientôt juger devant le conseil de guerre de Lille ?

Le Président du tribunal, Mourin, commençait sérieusement à s'agacer des sorties de la défense, car les deux avocats, Spriet et Heisse s'ingéniaient à se renvoyer les tirades, ne laissant peu de place au procureur et à la cour d'intervenir.

C'était au tour d'un agent commercial du peignage Motte de déposer.

— Je pense que Monsieur Martineau poussait la charité jusqu'à l'hystérie. Il s'est servi des Allemands, il ne les a pas servis. Il roulait les Allemands, et pour cela il se servait de leurs maillons faibles, ceux qui trafiquaient.

Ensuite, ce fut le tour de la supérieure du couvent Saint-Sauveur, la sœur Anne-Rémy. Et puis vint mon ami l'abbé.

– Vous avez connu l'occupation allemande à Roubaix, Monsieur l'abbé ?

– Hélas, oui !

– Vous avez connu mon client, dans quelles circonstances ?

– Il a fait partie de notre réseau de résistance. Nous avions été le solliciter afin de libérer une amie arrêtée pour « trahison » par les troupes d'occupation et qui aurait été fusillée, s'il n'était pas intervenu. Pour corrompre les officiers ennemis, il fallait beaucoup d'argent. Il eut alors l'idée de demander cet argent aux Lepur, pour ne pas divulguer ce qu'il avait appris d'un de leurs amis, qui les accusait d'avoir trahi. La somme qu'il fallait, était de deux millions de francs, c'est ce qu'il a demandé contre la remise des preuves de leurs forfaitures.

– Trouvez-vous cet agissement, très moral, Monsieur l'abbé ? Je vais reformuler ma question. Pensez-vous que cet acte est en accord avec les doctrines chrétiennes que vous enseignez, Monsieur l'abbé ?

– Non, mais il fallait le faire. La personne que nous voulions sauver est dans cette salle. Suzanne Rousseau, secrétaire au comité de secours de la mairie, infirmière bénévole. Elle a aidé, défendu, les plus faibles, les plus démunis, a participé activement depuis le départ à la résistance, à la distribution du journal clandestin, à l'écoute des radios alliées, à faire passer des aviateurs derrière les lignes hollandaises et à cacher des soldats français chez elle. Alors, non, ce n'est pas dans l'enseignement de ce que j'ai appris, mais oui, c'est bien dans la morale que j'enseigne.

– Merci, Monsieur l'abbé.

Il revint vers nous, ivre de colère et rouge de confusion, pour s'asseoir à mes côtés.

– Ben dis donc, l'abbé, j'aimerais t'avoir un jour, s'il le fallait, comme avocat.

Nous étions maintenant le 17 mai. Le procès se terminait, les réquisitions étaient faites. Le jury s'était retiré et était revenu moins d'une heure plus tard. Une seule question lui avait été posée : « Martineau par ses tractations, s'est-il rendu coupable du crime d'intelligence avec l'ennemi ». La question était adroite, et le Président de la cour avait ainsi permis à ce que le ministère public ne s'en tire pas trop mal dans cette affaire. Lors de son réquisitoire, l'avocat Spriet avait tenu des propos sévères.

– On reproche à mon client d'avoir vendu des mètres de tissus à l'armée allemande ? Que dit-on de nos militaires qui en 1914, ont vendu par impéritie les kilomètres de notre frontière du Nord à ceux-ci ? On reproche à mon client d'avoir vendu des marchandises à l'armée allemande ? Que dit-on des personnes qui ont eu leur vie sauve de par les distributions de nourriture que son argent permettait ? On va le lui reprocher ? On va aussi le juger pour avoir secouru les pauvres gens ?

Le jury est maintenant dans la salle, son Président se lève et donne le papier avec le verdict au greffier, qui le donne au Président du tribunal. Il s'en saisit, le lit rapidement et proclame :

– Martineau, vous êtes libre !

**Épilogue.   Rue de l'Épeule, Roubaix.**

Le Petit Parisien du 3 janvier 1932.

*«Concernant la baisse des salaires dans les peignages, les syndicats ouvriers considèrent que la crise actuelle est déterminée par des facteurs absolument étrangers aux salaires. Parmi ces raisons, il faut signaler la surproduction et un développement industriel trop rapide appuyé par des opérations de crédit trop rapide. ... »*

Les premières grèves allaient éclater, la misère était trop grande, des milliers d'ouvriers étaient au chômage, et les familles crevaient de faim. On se croyait revenu au temps de l'occupation allemande, durant les années de douleur et de misère. Mais cette fois-ci, il n'y avait que des uniformes français, ceux des gendarmes et des gardes mobiles. Cette décision, de baisser les salaires de 10 % dès la semaine prochaine, était une déclaration de guerre du cartel à leurs ouvriers. On pressentait la rage et la fureur dans les courées de la rue des Longues Haies. Ils étaient venus en renfort des manouvriers des usines de l'Épeule. Les sirènes allaient se taire, annonçant ainsi le début de la grève[43]. Plus de 500 manifestants avaient défilé de la place de la Liberté à l'Épeule. Cette rue, c'était leur rue. Ces courées, c'était leur lieu de vie. Ces fabriques de peignages, c'était leur gagne-

---

[43] À lire « Quand les sirènes se taisent » de Maxence Van Der Meersch.

pain. C'était dans ces mêmes lieux qu'ils avaient résisté aux Allemands, durant quatre ans. Et maintenant, ils allaient devoir résister à une grève qui s'annonçait. Cela serait aussi difficile, aussi dur, aussi brutal que l'occupation qu'ils avaient connue il y a plus de dix ans.

Mais je ne pourrais pas les aider de la même façon. Tout ce que je devais faire c'était d'écrire dans le journal, et de rendre compte de leurs difficultés, de leurs problèmes et de leur lutte qui me semblait juste. En passant près de la caserne de gendarmerie de la rue des Arts, j'ai vu de nouvelles troupes arriver par camions et descendre sous les consignes des leurs officiers. Je passais voir mon ami, Eugène Morin, toujours vicaire à la paroisse Saint Sépulcre. Il avait refusé toutes les promotions que le diocèse lui avait proposées, préférant rester au milieu de ses paroissiens, qu'il connaissait par cœur et qu'il aidait de son mieux, et pas seulement avec les Saintes Écritures.

– Tu es un mécréant, Julien Coutelier !

Je l'entendais me dire cette phrase régulièrement, même si cela était devenu un jeu entre nous. Mon métier de rédacteur en chef du journal local me permettait de commenter régulièrement les œuvres caritatives qu'il animait et faire rentrer les dons. Je pensais que l'on aurait besoin de beaucoup d'argent pour venir en aide à ceux qui allaient être touchés par les grèves qui se préparaient.

À suivre…Tome 2, « La rue de L'Épeule ».

**Une rue chargée d'histoire.**

C'était au moyen âge un sentier, et le nom évoque les haies défensives du temps du seigneur de Roubaix. Le quartier se construit tout au long des siècles suivants, et la rue est répertoriée sur un plan de la ville en 1857. Une filature y voit le jour en 1895, Florimond Watel, reprise par la suite par Alfred Motte. Cela deviendra la filature des Longues Haies, puis plus tard, les laines du Chat Botté. Dans le même temps, l'expansion rapide de l'industrie textile de Roubaix attire une masse de travailleurs pauvres, souvent originaire des Flandres, qu'il faut loger le plus près possible des usines.

Un terrain de choix pour les investissements de la petite et moyenne bourgeoisie qui va concentrer autour des usines, un habitat populaire : les courées ou les « forts ». De petites maisons basses en briques, construites sur deux niveaux reliés par un escalier très raide, serrées autour d'une petite « cour » comportant des toilettes collectives et l'évacuation des eaux usées souvent à ciel ouvert. La cour est reliée à la rue par un étroit couloir bas. Quand la guerre éclate au début du siècle, plus de trois mille personnes dans une quarantaine de courées vivent dans cette rue longue de près de deux kilomètres.

Dans ces quartiers et dans cet habitat, on travaille la laine de génération en génération. La promiscuité, l'alcoolisme, l'analphabétisme, la tuberculose font des ravages. Mais dans le même temps, une sociabilité et une culture originale se créent autour des cours et des estaminets. Les premières coopératives voient le jour, ainsi que des dispensaires. La boulangerie économique de l'Union est fondée en 1892. En 1931, une grande grève du textile éclate dans la ville. Des affrontements auront lieu et se termineront rue des Longues Haies. Maxence Van Der Meersch rendra compte de ces évènements dans son roman « Quand les sirènes se taisent » en 1933.

La rue sera débaptisée en 1938, date des premiers travaux de rénovation et deviendra la rue Édouard Anselme. Dans les années 60, les dernières courées de cette rue mythique dans l'imaginaire collectif de la ville seront détruites.

FIN

**Note de l'auteur.**

D'après la définition du Larousse concernant le *roman historique* : « Se dit d'une œuvre de fiction dont le sujet s'inspire de près ou de loin d'événements historiques ».
Ce roman n'est pas une œuvre de fiction et s'inspire de très près d'évènements historiques.

**Annexe**

Le capitaine Sautter, comme les autres militaires allemands cités, a véritablement existé durant l'occupation de Roubaix. Il fut connu pour ses actes de cruauté et de violence, y compris chez les personnes où il logeait. Il fut accusé de violation des lois de la guerre en 1919, mais acquitté par le tribunal allemand de Leipzig, comme beaucoup d'autres officiers et soldats. Sur les 896 accusés par les Alliés, seuls 12 furent jugés, et seulement six furent condamnés à des peines légères. Cela servit de leçon pour plus tard pour le tribunal de Nuremberg.

**Extrait du rapport officiel des crimes commis par les Allemands dans les territoires envahis, juillet 1923.**

« *Les habitants de Lille, Roubaix, Tourcoing, ayant refusé d'exécuter volontairement des travaux pour les Allemands, ceux-ci se décidèrent à les réquisitionner en masse. Ils firent venir à Lille un régiment prussien. Le 22 avril, alors que la pluie tombait à flots, la troupe qui procède par tranches et mettra plusieurs jours à accomplir sa monstrueuse besogne, cerne les quartiers. Le premier jour, dans la crainte de troubles, les mitrailleuses sont armées, les fusils chargés. À quatre heures, les soldats frappent à coups de crosse aux portes et déposent l'ordre suivant : « Au courant d'une demi-*

*heure les habitants de la maison doivent se rassembler dans une pièce.» Quelques minutes après un officier arrive, inspecte d'un œil les malheureux réunis la et, froidement la ou les victimes qu'à l'instant les soldats saisissent et amènent au dehors sous une pluie battante. On sépare sans pitié les membres d'une même famille qui se trouve ainsi disloquée, dispersée. Les malheureuses victimes sont réunies dans une usine. Femmes, jeunes filles, enfants sont mêlés dans la plus affreuse promiscuité. Sous la conduite d'officiers qui n'hésitent pas à employer la cravache contre ceux qui n'obéissent pas assez vite, le troupeau est amené à la gare, entassé dans des wagons à bestiaux aménagés à 30 par wagon et dirigés sur les Ardennes. Là, pendant de longs mois et sans qu'ils puissent correspondre avec leurs familles, sans défense contre les exigences de toutes sortes de leurs gardiens, mal nourris, ces femmes et ces enfants, quelques- unes de 14 à 15 ans, sont astreints à des travaux d'esclave, très au-dessus de leurs forces.»*

**Bibliographie, Référence, Essais, et Œuvres.**

- Au nom de la Patrie ! A mort les traîtres ! Laurence Van Ypersele
- Berlin pendant la guerre 1914-1918, Arnulf Scriba
- Les réfugiés de Guerre dans la société française, Philippe Nivet.
- Invasion 14, Maxence Van Der Meersch
- Une semaine avec les évacuées, La revue des deux mondes, avril 1915, Louise Chaptal
- La résistance à Roubaix durant la grande guerre, Les chemins de mémoire. Yves-Marie Hilaire.
- La tragédie de Tamines, Alfred Lemaire.
- Violation des lois et coutumes de la guerre par l'armée allemande. Rapport 1919 BNF.
- Mémoire d'une cité martyre, le massacre de Tamines le 22 août 1914, Simon Alexandre.
- Le journal de Louise Bonte, 1914-1918.
- Carnets de Paul Destombes, 191-1918.
- Souvenirs d'Etienne Motte 1914-1918
- Le journal de Joseph Willot. Bibliothèque Numérique de Roubaix
- Le cartel des peigneurs de laine de Roubaix-Tourcoing (1881-1914), Jean-Luc Martin, chercheur au CNRS 2011.

Remerciements particuliers pour l'énorme travail de la bibliothèque numérique de Roubaix.

https://www.bn-r.fr/decouvrir_collection.php

Dépôt légal avril 2018, ISBN : 979-10-94133-19-4
JMB EDITIONS
Couverture © **Sébastien Biguet**
Prix 9,50 €